T0002353

El hombre de mi vida

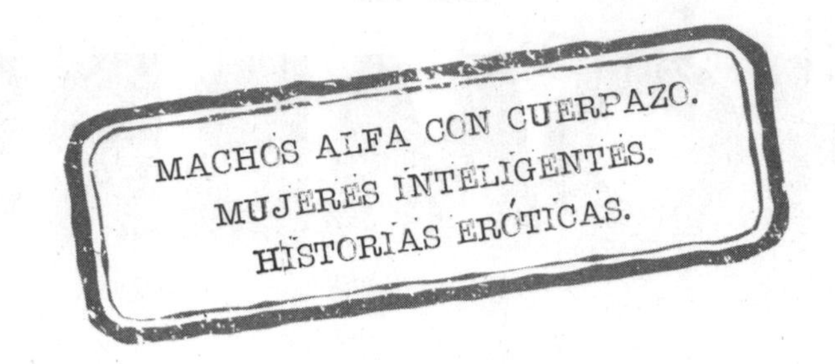
MACHOS ALFA CON CUERPAZO.
MUJERES INTELIGENTES.
HISTORIAS ERÓTICAS.

LAURELIN PAIGE

TRADUCCIÓN DE
Cristina Riera Carro

CHIC

Primera edición: junio de 2022
Título original: *Man For Me*

Esta edición se ha publicado mediante acuerdo con Bookcase Literary Agency.

Diseño de cubierta: Taller de los Libros
Imagen de cubierta: VitalikRadko | depositphotos
Corrección: Gemma Benavent

Publicado por Chic Editorial
C/ Aragó, n.º 287, 2.º 1.ª
08009, Barcelona
chic@chiceditorial.com
www.chiceditorial.com

ISBN: 978-84-17972-73-8
THEMA: FRD
Depósito Legal: B 9201-2022
Preimpresión: Taller de los Libros
Impresión y encuadernación: Liberdúplex
Impreso en España — *Printed in Spain*

Para mi marido, de quien me enamoré mientras conspiraba
para conquistar al hombre equivocado

Capítulo 1

Iniciar la velada con un orgasmo debería haber sido una señal de que todavía estaban por llegar muchas cosas buenas. En todos los sentidos.

Claro que la mayoría de los orgasmos no se provocan por pena, pero en este caso sí. Aunque Scott no me lo dijera directamente, que me rechazara cuando me tocaba masturbarlo fue una gran pista.

Su respuesta despectiva me resonó en la cabeza: «La única razón por la que he hecho que te corrieras ha sido para que me dejes en paz».

Me negué a que se me escaparan las lágrimas mientras me iba con pasos furiosos.

Bueno, los pasos me llevaron hasta el extremo del tejado. Allí, mi salida se volvió incómoda cuando intenté bajar por la escalerilla de acero que conducía a la azotea con toda la elegancia de la que era capaz una mujer ataviada con un vestido de fiesta, es decir: ninguna. Sobre todo, traté de mantener las rodillas juntas para que nadie en la planta inferior viera que mis bragas habían acabado en el mismo lugar que mi dignidad: en el bolsillo de Scott Sebastian.

Afortunadamente, no había pasado lo mismo con el vestido de fiesta (me lo había prestado mi hermana mayor, como toda mi ropa formal), lo que significaba que debería arreglar el desgarrón que me había al bajar antes de devolvérselo. Genial, acababa de quedarme sin poder ir al Café A Lot en toda la semana.

«Que le den al mundo».

Bueno, a todo el mundo menos a Scott Sebastian, porque era el único al que quería darle en ese momento.

Cuando llegué al pie de la escalera, lancé una última mirada furibunda al tejado con la esperanza de que mi amante ocasional estuviera allí para verla.

Por desgracia, no había nadie.

Y yo, en un arrebato dramático que nadie presenció, alcé la barbilla y me dirigí hecha una furia hacia la barra.

—¿Va todo bien? —pregunté al barman cuando me colé detrás de la barra. Se llamaba Denim.

«Denim».

Me horrorizaría que sus padres le hubieran puesto un nombre tan ridículo de no ser porque estaba segura de que él mismo lo había elegido.

«Actores».

Mejor dicho: «Actores *millennials,* no tienen remedio». Los demás actores no eran tan excéntricos.

La ciudad estaba repleta de actores pluriempleados que trabajaban de camareros, entre otras cosas, y como mis obligaciones profesionales como recepcionista de algún modo incluían cualquier cometido sin una asignación específica para el departamento de relaciones públicas, era la encargada del personal que trabajaba en fiestas como esta.

Huelga decir que no era la mejor en esta faceta de mi trabajo, ya que había estado ocupada con mi jefe en lugar de estar disponible en la fiesta. Pero la verdad, nada me habría gustado más que asignar este cometido a otra persona. Llevaba unos años pidiéndolo, pero habían aplazado mi petición una y otra vez. Así que ahora era otra cosa más de mi vida que quería mandar a la mierda.

—De maravilla —respondió Denim en un tono monótono, tan poco encantador como siempre, pero decidí no llamarle la atención como otros en mi mismo cargo habrían hecho.

En realidad, no había venido a controlarlo.

Me observó mientras rebuscaba en la nevera del vino.

—¿Puedo ofrecerle algo, señora Waters?

—No, ya lo hago yo.

Saqué una botella abierta pero casi entera de Moët & Chandon y me aseguré de que la variedad Nectar Impérial fuera semiseco —efectivamente—, y entonces cerré la puerta de la nevera con la cadera. Alcé la botella para que Denim la viera.

—La ha pedido un invitado.

Poco importaba que la invitada fuera yo y que en realidad yo no fuera una invitada.

—¿Necesitas una copa larga?

—¡No! Así va bien.

—Vaya, entonces hoy será ese tipo de noche —comentó una voz familiar mientras salía hacia el otro lado de la barra.

Me volví y me encontré con la única cara que quería ver en ese momento (en realidad, era la única otra cara que quería ver la mayor parte de las veces).

—Es el tipo de noche que es, Brett —me quejé, como hace cualquier mujer que está pasando por un mal momento y ve a la persona que mejor la conoce en todo el mundo.

Frunció el ceño mientras me limpiaba con el pulgar el rímel corrido.

—¿Quieres que le dé una paliza?

Me obligué a no estremecerme al sentir su caricia.

—Sí, por favor.

—Enseguida.

Sonrió y el blanco radiante de sus dientes realzó el verde de sus ojos. Era difícil saber dónde mirar, como solía ocurrirme. Tenía un rostro muy atractivo, desde el hoyuelo en el mentón hasta los pómulos marcados, pasando por las cejas gruesas y la barba de tres días que le cubría la mandíbula angulosa.

Sin duda, era el hombre más *sexy* que conocía. Incluso con el paso de los años, no era inmune a su atractivo. La única razón por la que no había intentado tener nada con él era porque no me rehuía. Algo me decía que si quisiera irme a la cama con él, Brett me seguiría como un cachorrito perdido. Ese era el problema (aunque en realidad no habría sido un problema, solo lo era en lo que atañía a mi libido): me adoraba, pero como yo era una mujer rota por dentro, necesitaba que los hombres fueran algo capullos para ponerme cachonda.

Como, por ejemplo, Scott Sebastian.

Claro que Brett nunca le daría una paliza a Scott Sebastian porque, uno, no haría daño ni a una mosca; dos, Scott era tanto su jefe como el mío; y tres, Scott era su primo (por este orden de importancia). Pero, de todas formas, era un bonito detalle por su parte.

Levanté la botella.

—Voy a ahogar las penas con un champán caro que no he pagado. ¿Me acompañas?

Brett volvió la vista atrás por encima del hombro derecho y luego del izquierdo.

—No puedo. Creo que tengo que hacer la pelota un poco más.

¿Ves? Brett era de los buenos. Ni siquiera intentaría convencerme de que no abandonara mis responsabilidades, a pesar de que él me había conseguido el trabajo y ostentaba un cargo que estaba por encima del mío.

Pero como yo no era de las buenas, podía intentar hacerlo cambiar de opinión.

—Ahora mismo estás en un rincón de la barra conmigo. Ya has dejado de hacerles la pelota.

—Bueno, en realidad también intento esconderme de Adrienne Thorne.

Eché la cabeza hacia atrás y gruñí, por él y por mí. La sexagenaria de pelo azul llamaba a la oficina al menos una vez a la semana para pedir una cita con Brett. Su secretaria personal había dejado de aceptar sus llamadas, así que la señora había empezado a llamar al número principal, lo que significaba que ahora era yo la que debía inventar excusas que justificaran por qué Brett no podía reunirse con ella.

—Deberías decirle que no vamos a trabajar con ella y ya está.

—Ya lo he hecho, Eden. Varias veces. Y cree que puede hacerme cambiar de opinión.

Brett era tan bueno que cuando te rechazaba, seguramente te parecía una invitación para esforzarte más para ganártelo.

Pobrecito. No podía evitar ser buena persona.

—¿Quieres que le pegue una paliza? —Le pasé la mano por la corbata, más por sentir algo que para alisársela.

Sí. Brett no era el hombre adecuado para mí, pero tenía un cuerpo impresionante. Nadie puede culparme por apreciarlo.

Me apunté un tanto en silencio cuando Brett se estremeció.

—Aunque te dijera que sí en broma, me da miedo que lo hicieras de verdad.

—Bueno, seguro que perdería el trabajo.

Pasamos un segundo en silencio antes de echarnos a reír. Tanto si Scott Sebastian me correspondía o no, irme a la cama con el jefe me daba cierta ventaja. Sin duda, había sido yo quien lo había perseguido, pero a los Sebastian les preocupa su imagen lo suficiente como para echarme del trabajo de buenas a primeras. Se lo pensarían dos veces antes de hacerlo. Y si me despidiera, seguramente me iría con una buena paga.

Tampoco es que fuera a acusar al hombre de nada, pero si él me creía capaz y esa posibilidad me brindada seguridad laboral, no admitiría en voz alta que no lo haría.

Pensar en el trabajo me hizo sopesar si debía quedarme, como era mi cometido, y ayudar a Brett a eludir a Adrienne Thorne. Lo cierto es que me gustaba estar con él y siempre me animaba después de que Scott me rompiera el corazón. Pero descarté la opción en cuanto vi al rey de Roma bajando por las escaleras y tirando mis bragas en una papelera como quien no quiere la cosa. Desde luego, él no tenía un desgarrón en el traje y parecía tan impecable como antes de subir.

«Que le den, que le den, que le den».

Brett siguió mi mirada y se puso rígido al ver a quién observaba.

Quizá sí que le pegaría una paliza a Scott si se lo pedía.

Pero no se lo diría. Ya me sentía bastante mal por hacer creer a Brett que tenía que escoger un bando, lo que tampoco impedía que yo cayera rendida a los pies de Scott día sí y día también, como un bumerán desgastado que siempre vuelve, pero sí que me obligaba a distender la situación y a poner distancia.

En el sentido de que yo debía distanciarme de mi objeto de deseo antes de acabar a su lado.

—Bueno —Di unas palmaditas a Brett en el pecho como si estuviera tranquilizando a un perro guardián feroz—, tú ve a hacer tu trabajo, yo estaré en el otro lado. —Señalé con la cabeza hacia el otro extremo de la fiesta, que estaba separado por un cordón y donde se habían colocado las cajas extra de alcohol para que el personal no tuviera que ir al almacén cada vez que se quedara sin vodka o *whisky*. Mientras lo organizábamos todo, había visto que había un sofá y ahora mismo ese rincón aislado me llamaba—. ¿Vendrás luego?

—Sí. —No me pasó por alto el destello de anhelo en sus ojos, como ocurría de vez en cuando, pero, como siempre, fingí no darme cuenta. Señaló el champán—. Guárdame un poco.

—Claro. —Me esforcé por no poner los ojos en blanco. Hacía ver que no tenía sangre azul, porque su sangre no era tan azul como la de la rama de Scott en el árbol genealógico de los Sebastian, pero se había criado con mucha más categoría que yo y prefería el vino seco a mis licores de postres.

Aun así, se los tomaba cuando me acompañaba. No sé si lo hacía para demostrarme su apoyo o porque no quería que bebiera sola y me emborrachara.

Fuera cual fuera la razón, me aseguré de hacerme con otra botella antes de cobijarme en mi soledad. La noche acababa de empezar y Scott ya me había rechazado. Por enésima vez. No estaba de humor para que alguien coartara mis ganas de beber.

Capítulo 2

Ignoré los dos mensajes y la primera llamada de mi hermana. Cuando, tonta de mí, había cogido la segunda botella de champán, no me había asegurado de que estuviera abierta y, por mucho que lo intenté, fue imposible sacar el corcho. Después de derramar la mitad de la primera botella —sí, menuda noche llevaba—, no estaba lo bastante borracha como para lidiar con ella.

Pero como mi hermana es una bruja insistente, se dedicó a llamarme una y otra vez. Al final estaba tan harta que respondí.

—¿Qué?

—¿Has visto mi mensaje?

—No, estoy trabajando. —Bueno, se suponía que debía estar trabajando. Lo que ella no sabía era que trabajar no era lo que estaba haciendo, precisamente.

Profirió un ruidito que me indicó que estaba tan molesta conmigo como yo con ella, pero solo sirvió para hacerme enfadar todavía más.

—Necesito que compres pañales cuando vuelvas.

«No. Por favor. No. No me... Es que...».

Eché la cabeza hacia atrás y contemplé el cielo estrellado mientras me recordaba que no estaba en condiciones de ser una cabrona con ella porque me dejaba vivir en su espectacular propiedad en Midtown a cambio de un alquiler ridículo.

—¿Cómo es posible que te hayas quedado sin pañales? Si siempre compras más de los que necesitas.

Me recordé que no debía ser una cabrona, pero eso no significaba que no fuera a serlo.

—Esta mañana he dejado un paquete en la guardería y cuando hace un rato he abierto el que había en casa, he visto que Nolan había comprado la talla para niños de tres años en lugar de la talla tres. Ni siquiera sabía que los hacían para esa edad. ¿Quién permite que sus hijos lleven pañales a los tres años? He tenido que usar cinta aislante para que a Finch no se le cayera. Casi no he podido ponerle el pijama por encima. El pobrecito parece un burrito a punto de estallar.

Sonreí al visualizar la imagen que sus palabras habían descrito, pero fruncí el ceño de inmediato. Si Avery no fuera una perfeccionista tan criticona, quizá sería más amable con ella. Seguro que por dentro se reprochaba no haber sido más previsora y le habría gritado a Nolan por haberse equivocado. Ahora necesitaba una voz tranquila, comprensiva y reconfortante.

Pero era evidente que no sería la mía.

—¿Por qué no mandas a Nolan a comprarlos? Ha sido él quien la ha fastidiado.

—Está durmiendo.

Me aparté el teléfono de la oreja para revisar la hora: apenas eran las diez. Qué hombre tan delicado.

No, no estaba siendo justa. El marido de mi hermana se dejaba la piel trabajando. Era su sueldo, pagado por una gran empresa, el que me proporcionaba una vivienda y su generosidad la que me permitía que me quedara con ellos. La verdad es que sin contar a Finch, Nolan era lo que más me gustaba de mi hermana. De no ser por él, nunca habría conocido a Brett. Había sido el padrino de Nolan en su boda hacía una década, y a mí, en mi cometido de dama de honor, me habían pedido que planificara muchas actividades con él.

Congeniamos muchísimo, y como Nolan ahora estaba inmerso en su círculo de amigos casados con hijos, Brett estaba más unido a mí que a su antiguo compañero de la universidad.

—Eden, por favor… —Avery soltó un suspiro de frustración—. ¿Podrías dejar de ser una cabrona y comprar los puñeteros pañales? Tú ya estás fuera. No hay ninguna razón por la que no puedas comprar unos pañales cuando vuelvas a casa.

«¿Y si no tengo intenciones de volver a casa?».

Era lo que quería decirle.

Pero me mordí la lengua, porque, teniendo en cuenta el estado de ánimo de Avery, lo más probable era que me restregara por la cara que, incluso a pesar de que le gustaba a Scott, rara vez me permitía quedarme a dormir en su casa y era una verdad que ya estaba afrontando. No necesitaba que mi perfecta y maravillosa hermana, que tenía una vida igual de perfecta y maravillosa, me lo recordara.

Perfecta menos por la talla de los pañales, eso sí.

Tomé el último sorbo de champán, que fue más bien un buen trago, y apreté los dientes.

—De acuerdo. Iré a comprar los puñeteros pañales. Pero llegaré tarde a casa.

Colgué antes de que pudiera añadir algo más.

—¿Avery? —preguntó Brett, que se dejó caer en el sofá a mi lado.

Mi tono de voz debió de delatarme. Bueno, y el hecho de que si no estaba al teléfono con él, ¿con quién más aparte de mi hermana iba a estar hablando a las diez de la noche de un sábado?

—No me hagas hablar. A todo esto, ¿dónde has estado? Han pasado unas dos horas desde la última vez que te he visto. Por favor, no me digas que ha sido por…

—Adrienne Thorne —dijimos al unísono.

—Deduzco que te ha encontrado.

—Sí. La buena noticia es que por fin le he hecho entender que no nos sumaremos a su proyecto y luego le he presentado a August. Compró las acciones de la compañía secundaria y resulta que quieren patrocinar algo que sea justo como lo que ofrece Adrienne.

Me llevé una mano a la boca con una emoción exagerada (exagerada por el gesto, aunque, a decir verdad, era emocionante saber que por fin nos la quitaríamos de encima).

—¡Es una pena para August Sebastian, pero esto hay que celebrarlo! —Levanté la botella vacía y le di la vuelta—. Pero se nos ha acabado el champán. ¡No me juzgues! Se me ha derramado.

Brett señaló con la cabeza la segunda botella.

—¿Y esa?

—Me da miedo abrirla.

Alargó la mano como si quisiera decirme: «Déjame a mí».

—Había llegado el momento de ponerle punto final. Me ha pedido que baile con ella y…

—Y no has podido decirle que no porque eres así, venga, ¿qué más?

Sonrió tímidamente.

—Y digamos que tiene la mano un poco larga…

—¿¡La abuelita Thorne te ha tocado el culo?! —Me reí con tantas ganas que me rodaban lágrimas por las mejillas.

—Oye, meter mano sin consentimiento no es motivo de risa.

—Ya, bueno, sí que lo es cuando Adrienne Thorne es quien lo hace.

Me lanzó una mirada asesina mientras trataba de abrir la botella, pero la sonrisa no se esfumó. Cuando el corcho salió disparado, el pum repentino me hizo romper a carcajadas a la vez que el champán se le derramaba por la mano.

Sofoqué el impulso de limpiarle el líquido a lametazos y reprimí la oleada de calor que me invadió el vientre cuando Brett se sacó el pañuelo del bolsillo para limpiarse antes de llevarse la botella a los labios y beberse el resto de espuma.

Cuando me la pasó, el champán ya se había estabilizado, pero las mariposas seguían revoloteando en mi estómago.

«Malditos sean los hombres que llevan trajes demasiado caros».

—Pobrecita, tampoco es culpa suya —le dije, y acepté la botella—. Eres todo un partidazo vestido con ese traje de tres piezas. ¿Es un Armani? —Alargué la mano que tenía libre para acariciar el tejido de la americana. O para rozar sin querer los firmes pectorales que había debajo. Viene a ser lo mismo.

—No recuerdo la marca. Puede que incluso sea un Canali. —Tenía los ojos clavados en mi mano, como si le fascinara la posibilidad de que lo estuviera tocando y, no sé por qué, eso hizo que se me entrecortara la respiración.

Aparté los ojos y la mano, pero no fui lo bastante rápida como para evitar que la piel de los brazos se me erizara.

—Bueno, pues te queda muy bien.

—A ti el tuyo también. —Usó un tono suave, y tuve que apresurarme y beber un sorbo de champán antes de que se me ocurriera hacer alguna locura, como derretirme en sus brazos.

—En fin. —Se aclaró la garganta—. Scott. ¿Qué ha pasado?

Consiguió no sonar como si en realidad quisiera decir: «¿Qué ha pasado esta vez?», pero de todas formas fue lo que oí.

«Puf».

Por lo general, me encantaba poner verde a Scott con Brett, pero me empezaba a cansar y podría decir que estaba disfrutando del momento antes de que mencionara a su primo.

Pero la interrupción había sido lo mejor, antes de que yo hiciera alguna estupidez como aprovecharme de que mi mejor amigo se sentía atraído por mí.

Me dejé caer sobre un cojín del sofá.

—Nada. Como siempre. Ni siquiera sé por qué lo sigo intentando.

De hecho, sí que lo sabía. No estaba enamorada de Scott, pero sí que lo estaba de cómo me hacía sentir respecto a mí misma. Era imposible no sentirme una mujer especial, preciosa, divertida y merecedora de la atención de un hombre como él cuando le gustaba al buenorro, inalcanzable y ricachón de Scott Sebastian. Era imposible no sentirme como alguien de éxito.

Pero luego, cuando dejaba de gustarle a Scott, me sentía como una mierda, aunque, en parte, era un consuelo, pues ya se asemejaba más a la realidad. No merecía a alguien como él. Mi vida era un desastre. No era preciosa, ni divertida, ni merecedora de su atención, y ese recordatorio era como un par de calcetines viejos: sabía cómo llevar esa versión de mí. Era más real que la arreglada y la prestada del armario de Avery.

La montaña rusa que suponía toda esta situación se me empezaba a hacer pesada e innecesaria.

—Estoy harta de él. Nunca más —anuncié.

—Eso me suena.

—Esta vez lo digo en serio.

—Eso también me suena.

Miré a Brett de reojo para ver si su expresión me decía lo patética que le parecía, pero encontré algo mucho más difícil de interpretar.

—De verdad, esta vez lo digo en serio —corroboré, y examiné sus rasgos en busca de una pista.

—De verdad, así lo espero. —Sus dedos rozaron los míos cuando me quitó el champán de la mano, y en cuanto se llevó la botella a los labios y tragó, no pude evitar pensar que mis labios acababan de estar ahí y, aunque habíamos compartido muchas bebidas a lo largo de los años, me pareció muy íntimo. «¿Qué demonios me pasa esta noche?».

No dejaba de suspirar por Brett, algo que tampoco era inusual, pero no solía afectarme con tanta intensidad.

Tampoco fue de ayuda que Brett dejara la botella a un lado para quitarse la americana y dármela, porque eran tan bueno que se había dado cuenta de que tenía escalofríos (aunque no eran consecuencia de la temperatura que hacía esa noche). ¿Cómo era posible que un hombre tan fantástico siguiera soltero?

Me envolví con la americana como si fuera una capa y traté de olisquear en busca de su perfume disimuladamente.

Ya, ya lo sé. Era un cúmulo de contradicciones. La culpa era del champán. Sería mejor que dejara de beber.

Pasaron unos segundos cargados de cierta tensión que estuve segura de que solo percibía yo, pero fingí que la compartíamos.

—Bueno, Adrienne no ha sido la única razón por la que he pasado tanto tiempo en la fiesta —dijo al final, vacilante, como si no estuviera seguro de si sacar el tema.

Y eso, sin duda, hizo que me picara la curiosidad.

Le dediqué mi mirada de «cuéntame ya lo que no me has dicho».

—Puede que haya conocido a alguien.

«Ay».

No estaba segura de por qué era un «ay» ni de dónde me dolía, así que sonreí como si no pasara nada.

—¿Te refieres a una chica?

—Bueno, no soy gay, así que…

Puse los ojos en blanco.

—Solo quería asegurarme de que no te referías a alguien relacionado con el trabajo, tonto. Has conocido a una chica. Ajá.

—¿Ajá? ¿Qué quieres decir con eso?

—No lo sé, pero no sueles conocer a muchas chicas.

—Conozco a chicas cada dos por tres.

—Pues no me lo cuentas.

Lo pensó un momento.

—Ah. Sí, supongo que no te lo cuento.

A lo largo de la década que hacía que lo conocía, había pasado de ser un vividor empedernido a un amante mucho más selectivo. Sabía que no era un monje, pero últimamente no me hablaba de las mujeres con las que se acostaba, y hacía años que no me decía que le gustaba alguna.

Lo que era una pena, porque se merecía una mujer que lo hiciera feliz.

Si me lo repetía lo suficiente, quizá el pánico inexplicable que sentía acabaría desapareciendo.

—¿Y quién es? —pregunté, convencida de que estaba palideciendo. Tal vez sí que necesitaba un poco más de champán.

—No me ha dicho cómo se llama.

Volví a respirar. Ni siquiera me había dado cuenta de que estaba conteniendo el aliento.

—Oh, qué pena. No estabais destinados.

—Bueno, quién sabe. Le he dado mi número. Por motivos de trabajo, pero oye, puede que así la vuelva a ver. Si me llama. Toquemos… —Buscó algo que tocar y luego se inclinó hacia delante para dar unos golpes con los nudillos en la mesita de centro que teníamos delante—. Plástico.

Volví a sentir esa tirantez en el pecho. Alargué la mano en una petición silenciosa de champán. Bebí un largo trago y me sequé la boca. Noté una brisa y la fragancia de Brett emanó de la americana y me hizo cosquillas en la nariz, tan embriagadora como el alcohol.

O quizá no era más que una mujer patética que estaba triste y desesperada por algo que ansiaba en secreto, pero estaba segura de que no merecía.

Fuera cual fuera la razón, no me porté bien cuando incliné la cabeza y le ofrecí mi sonrisa más bonita:

—Oye… Eh… ¿Quieres que vayamos a tu casa?

Capítulo 3

Brett encendió la luz, dejó las llaves en un plato en el recibidor y se dirigió a grandes zancadas a la cocina por delante de mí.

Dejé el bolso junto a sus llaves y me quedé quieta al lado de la puerta, nerviosa, lo que era una estupidez. Había estado en su casa miles de veces y me había quedado a dormir en la habitación de invitados en tantas ocasiones que incluso tenía un cepillo de dientes en el baño. Me había ofrecido que me mudara con él de forma oficial más de una y de dos veces y siempre me lo planteaba hasta que recordaba que era imposible que pudiera permitirme la mitad de los nueve mil dólares mensuales que pagaba de alquiler por ese apartamento de lujo con vistas al río Hudson en el barrio coreano de la ciudad.

Es cierto que me había dicho que yo no tenía que pagar tanto, pero me negué. Una cosa era aprovecharme de mi hermana y de su marido rico, y otra muy distinta era dejar que Brett me mantuviera.

Y había otra razón que me impedía añadir mi nombre al contrato de alquiler: me asustaba que fuera mucho más fácil acabar entre sus sábanas.

Volví la cabeza para observar su dormitorio, que se veía desde el vestíbulo. Tenía la puerta entornada, pero la cama se advertía lo bastante como para saber que la había dejado hecha, como siempre. Había una corbata tendida sobre el edredón gris, que estaba metido por debajo del colchón con las esquinas tirantes al estilo militar, e imaginé claramente la que llevaba esta noche estirada al lado mientras decidía cuál ponerse (había elegido la mejor, todo hay que decirlo).

Era un vistazo fugaz de un hombre que conocía muy bien y, aunque no me ofrecía nada nuevo sobre él, se me aceleró el pulso. Me sentí como una *voyeur* que espiaba una parte de su vida a la que no me había invitado.

Quería que me invitara.

Quería deshacer esas sábanas.

Quería que me atara con esa corbata.

Ay, madre, era horrible. Éramos mejores amigos y pensar en estas guarradas con él me hacía sentir fatal.

«Quizá me da unos azotes por haberlo pensado…».

Ya, claro. Lo más probable era que el buenazo de Brett Sebastian no fuera tan pervertido en la cama. Pero eso no evitaba que quisiera descubrirlo.

—¿Tienes hambre? —me preguntó Brett desde la cocina.

Era evidente que tenía que responder que no, dar la noche por terminada y pasar por delante de él en dirección al dormitorio de invitados.

No sé cómo, acabé apoyada en la encimera tras él mientras Brett inspeccionaba el interior de la nevera.

—Aquí estás —dijo, un tanto sorprendido de verme cuando se volvió—. ¿Tienes hambre?

Negué con la cabeza.

Al parecer, él tampoco, porque lo único que sacó de la nevera fue una botella de agua con gas, cerró la puerta y se apoyó en ella en un reflejo de mi misma postura. Abrió el tapón, bebió un trago y me la ofreció.

—¿Y sed?

Negué otra vez con la cabeza.

Tapó la botella y la dejó en la encimera. Entonces, redirigió su mirada hacia mí: era más intensa de lo que nunca me había parecido, con una fuerza que, por instinto, quise eludir, pero que terminé sosteniendo y, cuanto más lo hacía, más intensa se volvía. Más me excitaba y más rápido me palpitaba el corazón.

—¿No querías lidiar con Avery esta noche? —Su tono era grave y sensual, y me pregunté si lo había hecho a propósito o si estaba tan fuera de sí como yo.

También me cuestioné por qué me lo habría sugerido, porque él sabía la razón por la que le había pedido que me llevara a su casa esta noche. La tensión que se respiraba en el ambiente era innegable, como solía ocurrir. El único motivo por el que nunca había ido a más era porque uno de los dos (que solía ser yo) la sofocaba antes de que llegara a ese punto.

Y ahora nos mirábamos fijamente, retando al otro a apartar los ojos como si fuera un juego. Yo no iba a hacerlo. ¿Lo haría él?

Como no respondí, planteó una pregunta distinta, más atrevida.

—¿Es por culpa de Scott?

Un dolor peculiar se me clavó entre las costillas porque en parte sí, pero admitirlo comportaría poner fin a esto antes de que empezara siquiera. Pero también porque no, no estaba aquí por culpa de Scott, y las razones que no tenían nada que ver con Scott superaban con creces a las que sí. Lo que ocurría era que explicarme a mí misma cuáles eran estos motivos ya era difícil de por sí, no digamos contárselos a él.

Así que, en vez de responder con palabras, me apoyé en la encimera para impulsarme, avancé y le di un beso.

Al principio, me lo permitió. Dejó que le envolviera el labio inferior con la boca y lo besara una vez, dos.

Y entonces, con la misma delicadeza (y a regañadientes), se apartó.

Más o menos.

Su boca se separó de mis labios, pero apoyó la frente en la mía y posó las manos sobre mis caderas.

—¿Qué haces, Eden?

Extendí las manos sobre su pecho. Le abrí el botón de la americana y las deslicé dentro, mientras notaba el calor de su cuerpo bajo la camisa y los latidos de su corazón debajo de la palma de la mano.

—¿No lo sabes?

Sus labios avanzaron y pensé que ahora sí que me iba a besar, pero se refrenó a escasos milímetros. Su fuerza de voluntad pendía de un hilo.

Eso me hizo suponer que su cerebro debía de estar lanzándole advertencias y estaría pensando que una buena amiga trataría de ser fuerte por él cuando él no fuera capaz de resistirse.

Yo podía ser fuerte.

Pero ahora mismo no quería ser una buena amiga.

—¿Nunca lo has pensado? —susurré sobre su boca.

—Sí que lo he pensado.

Bajé la mano por su abdomen hasta la parte delantera de los pantalones, donde empezaba a sobresalir cierta rigidez.

—¿Cuánto? —Quería oírlo de sus labios, pero también quería que reconociera que me deseaba, para que supiera que esto era tanto una elección suya como mía.

Me robó un beso rápido, como si no pudiera contenerse. A pesar de la presteza, noté cómo su lengua me acariciaba el labio.

—Mucho.

Se me aceleró la respiración cuando lo reconoció y noté que la entrepierna se me empapaba. Lo volví a besar y esta vez su lengua se volvió más tirana, reclamó su espacio junto a la mía, me acarició y me saboreó.

El bulto que tenía debajo de la palma se agrandó y se volvió más tentador y, cuando lo rodeé con la mano y empecé a explorar su rigidez, se le escapó un gemido.

Aparté la cara, sorprendida.

—Joder, Brett, ¿esto es lo que me has ocultado durante todo este tiempo? —A lo largo de los años, he intentado no pensar demasiado en su dotación anatómica y, si alguna vez lo he hecho, nunca habría imaginado que tendría un pene de ese tamaño; largo y grueso, no grande en exceso, pero casi.

Al menos, eso es lo que deducía a partir del tacto.

—Por favor, por favor, tienes que dejarme ver esta monstruosidad.

Sonrió sobre mis labios y volvió a besarme, esta vez con más calma e intensidad. Entonces, profirió otro gemido, pero esta vez no pareció deberse a que le acariciara la polla (a pesar de que era justo lo que hacía), sino que sonaba más bien como un gemido de exasperación, como si tratara de pensar con su parte racional y esta no le respondiera.

—Eden, Eden, Eden... —suspiró, y apoyó la frente en la mía.

—¿Quieres que te lo suplique? —Lo decía en broma, pero lo haría si él me lo pedía. Estaba a punto de hacerlo incluso aunque no me lo pidiera.

Se rio.

—Quizá.

Y aunque su mente todavía vacilaba, sus manos no. Una de ellas había encontrado la forma de meterse debajo de mi vestido y, antes de que empezara a rogarle, sus dedos se habían topado con mi hendidura cuando, al parecer, él esperaba otra cosa, porque se apartó de golpe y me levantó la falda para ver qué había debajo. Volvió a gemir:

—¿Llevas toda la noche paseándote sin bragas? Joder, Eden.

No era un buen momento para explicar que no las llevaba porque Scott me las había quitado y se las había quedado como recuerdo.

Tampoco se lo podría haber dicho porque pasó un dedo por mis labios directo hacia el clítoris y madre mía, la chispa que me recorrió el cuerpo entero cuando lo noté habría iluminado el Empire State. Ni siquiera reconocí el ruido que salió de mi garganta.

—¿Vas sin nada por él? —me preguntó, con la voz áspera.

Vaya, Brett estaba pensando en Scott. Ese doloroso pinchazo en las costillas volvió a hacer acto de presencia. La última persona en la que quería que Brett pensara ahora mismo era en su primo. Scott era la última persona en la que yo quería pensar ahora.

Sin embargo, no parecía que a Brett le importara demasiado la respuesta porque su boca se apoderó de la mía y me besó con anhelo mientras su mano no bajaba el ritmo entre mis piernas.

Para no quedarme atrás, le agarré el miembro por encima de los pantalones, ejerciendo cada vez más presión. La tenía muy grande, madre mía, y juraría que aumentaba de tamaño mientras se restregaba contra mi palma. Me asustaba y me fascinaba a partes iguales pensar que probablemente un pene enorme me penetraría antes de que acabara la noche.

Me asustaba y me fascinaba no porque me preocupara el tamaño, sino porque la idea de que Brett me penetrara así (cuando ya se había hecho un hueco en mi interior en muchos otros sentidos) me parecía tan apropiada como colosal.

Y por mucho que siempre hubiera ido detrás de otros hombres, en ese momento podía afirmar con total sinceridad que nunca en la vida había deseado algo con tantas fuerzas como deseaba a Brett Sebastian.

De repente, interrumpió el beso, sacó la mano de mi vagina y apartó la que yo tenía sobre su pene. Se aferró a mi muñeca y me miró fijamente a los ojos.

—Ya te he dicho que si quieres, te suplico —dije antes de que él acabara con esto—. De rodillas, si lo prefieres.

Sus ojos verdes se oscurecieron, si es que eso era posible.

—Hay dos cosas que tenemos que dejar claras. La primera: nada puede cambiar nuestra amistad. No vale la pena perder lo que tenemos por muy espectacular que sea follar contigo y necesito que me prometas que no va a cambiar.

—Nunca. Podemos hacerlo sin dejar que lo cambie todo —dije convencida, pero le habría contestado cualquier cosa con tal de que me siguiera tocando—. ¿Y la segunda?

Me observó con detenimiento, como si quisiera asegurarse de que la primera quedaba clara y zanjada antes de pasar a la segunda. Al final, anunció:

—La segunda es que yo soy quien manda.

Antes de que me diera cuenta de lo que ocurría, me giró y me inclinó sobre la encimera. Tenía el vestido levantado hasta la cintura y noté cómo clavaba la mirada en mi trasero.

—Este culo… —Me agarró las nalgas con fuerza y me las estrechó— me ha provocado durante una década. Nadie tiene derecho a estar tan buena vestida con pantalones de yoga como tú. No puedo decirte la cantidad de pajas que me he hecho después de que me hicieras ir a una de tus clases de Ashtanga.

Ahogué un grito cuando me dio un azote repentino sobre la piel.

Guau. Brett sí que sabía ser un chico malo, después de todo.

—Debería azotarte por haberme torturado así. ¿Te gustaría? —Me dio tres azotes rápidos y, si mi gemido no fue suficiente afirmación, mi sexo me delató cuando me separó las piernas para verme el culo y también lo que tenía entre los muslos.

Chorreaba.

De no ser porque estaba cachondísima, me habría dado mucha vergüenza.

—Joder, eres preciosa. —Casi fue un susurro, como si lo hubiera dicho para sí y no para mí. Lo siguió el ruido que hacía el cinturón al desabrocharse y luego la cremallera.

Volví la cabeza para mirar (me moría de ganas por ver esa polla monstruosa), pero una mano firme me lo impidió. Al obedecer, se me premió con un par de dedos que se adentraron en la piscina en la que se había convertido mi entrepierna.

—¿Estás tan mojada por mí? Dime que es por mí. —Acarició el borde de la hendidura antes de volver a meter los dedos.

—Es por ti, solo por ti. —Jadeaba y me costaba terminar las frases, pero me parecía importante y urgente que lo supiera. Quizá solo quería que le dijera guarradas (unas guarradas que me ponían mucho), pero por lo que había dicho antes, tenía la sensación de que tal vez Scott estuviera haciendo acto de presencia en su mente, y no me interesaba hacer un trío—. Ahora mismo estoy cachondísima.

Su mano desplazó la humedad de mi sexo hacia mis nalgas y me puse rígida, temía que Brett quisiera metérmela por la puerta de atrás. No estaba en contra de probarlo, pero con un miembro como el suyo, con lo mojada que estaba no sería suficiente. Necesitaríamos un montón de lubricante.

Pero la preocupación me duró poco, porque enseguida noté cómo deslizaba su envergadura entre mis nalgas, pasando de largo de la entrada y restregándose contra mi piel.

—Podría correrme así —dijo. Me rodeó la cintura con un brazo y volvió a toquetearme el clítoris—, con la polla atrapada entre tus nalgas mientras te retuerces así. Te pintaría la espalda en cuestión de segundos.

Joder, ¿por qué tenía la capacidad de sonar tan *sexy?* Yo también podría correrme así —de verdad, ahora ya no era más que un trozo de carne que gimoteaba gracias a las espectaculares habilidades de sus dedos—, pero me moría por tenerlo dentro. Cuando traté de decírselo, lo único que fui capaz de pronunciar fue:

—Por favor.

Afortunadamente, o entendía lo que yo deseaba o él mismo quería otra cosa, porque al cabo de unos segundos volvió a darme la vuelta a tanta velocidad que me abofeteé con un mechón de mi propio pelo.

Me lo apartó de la cara y me lo recogió detrás de la oreja y por mucho que quisiera ver en directo ese pene, sus ojos me inmovilizaron.

Y luego fue su boca, al besarme, dominarme, devorarme.

Ya nos habíamos dado algún que otro beso antes de esta noche (no a menudo, pero sí alguna vez), aunque nada serio. Habían sido noches en las que me sentía sola y él estaba ahí para hacerme sentir mejor.

Besar a Brett nunca había sido como ahora.

Aquellos besos no escondían la promesa de que habría más.

Y este beso anunciaba tantas cosas que casi no podía ni respirar. Con la lengua y los labios, me decía lo mucho que quería follarme, me decía cómo quería devorarme entera, incluso me dejaba entrever cómo sería que Brett me quisiera, y entonces pensé que me moriría si se terminaba y explotaría si no lo hacía.

Como era él quien mandaba, Brett decidió cuál sería mi suerte, y justo cuando creía que no podría aguantar lo abrumadores que eran sus besos, se apartó. Aunque había estado a punto de estallar, me había convertido en un imán y mi boca buscó la suya, pero sus manos me rodearon y me alzaron el culo para sentarme en la encimera.

Los ojos le centellearon en cuanto me dobló una pierna y me colocó el talón del zapato en la encimera a un lado y luego el otro al otro lado y, por primera vez, me di cuenta de lo mucho que se había imaginado esto —nosotros, en esta situación—, porque su expresión me decía que había pensado en lo mucho que quería verme así, abierta de piernas delante de él.

—Ah, sí —dijo, y luego se agachó y me pasó la lengua por los labios inferiores—. Sabes de maravilla —añadió antes de volver a darme un lametón.

Entonces, me pegó una palmada en la vagina, como si quisiera castigarme por saber tan bien.

Me estremecí entera, me caí hacia atrás y me apoyé sobre los codos.

—Madre mía.

—Ya lo sé, Edie —repuso él, y acompañó la palmada con otro lametón, aunque era imposible que lo supiera. Imposible. Porque él todavía era capaz de sostenerse en pie. Todavía tenía la capacidad de hilar más de dos sílabas seguidas. Aún podía mover la lengua y pensar en dónde debían estar sus dedos —penetrándome— al mismo tiempo. Era imposible que tuviera una idea aproximada de lo que sentía yo.

Ni siquiera yo lo sabía.

Me sentía del revés o en la cumbre de la excitación, como si hubiera estado viviendo con una pila medio gastada y de repente alguien me hubiera puesto una segunda y todo fuera más brillante e intenso. Incluso el apodo que Brett usaba conmigo desde hacía tiempo me afectó como nunca, como si estuviera cargado de implicaciones cuando antes no había tenido ningún trasfondo. Si lo volvía a pronunciar, tenía el poder de hacer saltar por los aires todo lo que yo creía que era real entre nosotros y hacer que se convirtiera en mucho más.

Cuando se centró en mi clítoris, lo succionó y le rindió culto tal como sus labios me habían prometido que haría, sus dedos acariciaron un punto que no tenía ni idea de que existía y me corrí al instante. Me agarró de los muslos mientras yo temblaba y gritaba, y así evitó que me apartara de su ataque hasta que hube alcanzado el clímax.

Seguía viendo chiribitas cuando se levantó y me tomó el rostro para mirarlo.

—¿Acaso te he dicho que podías correrte así en mi lengua? —Me besó e hizo que probara mi propio sabor en su boca.

—Creo que no me has dejado otra opción. —Anda, mira, había recuperado la capacidad de pronunciar palabras enteras.

—Eso es verdad, no tenías alternativa. —Alzó la mano para rodearme el cuello por delante y me acarició los labios con los dos dedos que me había metido. Se los chupé sin que me lo pidiera—. La tengo durísima, joder.

Yo acababa de correrme y también estaba durísima. O lo que fuera el equivalente femenino. Estaba desesperada de la necesidad, así estaba.

También estaba desesperada por encontrarme por fin cara a cara con su polla. Metí la mano entre los dos y cuando mis dedos se la rodearon, Brett echó la cabeza hacia atrás para poder mirar.

Lo que implicaba que yo también podía verlo.

Madre mía, qué monstruosidad y qué maravilla.

—Me he quedado sin palabras —balbucí—. Quiero decir, se me ocurren mil cosas que decir, pero no creía que ninguna de ellas fuera adecuada para definir un pene.

Brett sonrió y trató de besarme, pero esquivé sus labios, prendada como estaba de la barra erecta que tenía en la mano. La masajeé arriba y abajo sin dejar de admirar la suavidad aterciopelada de la punta y la rígida protuberancia de las venas que la recorrían.

—Brett, tienes una polla magnífica, de verdad. Estoy... —¿Orgullosa? ¿Anonadada? ¿Contentísima? Todas las anteriores, pero al final opté por—: Estoy que no me creo la suerte que tengo.

Soltó una carcajada que parecía un gruñido; lo más probable era que lo hubiera provocado el cambio en cómo se la agarraba. Alcé los ojos para observar su rostro y me sorprendió verlo con los ojos entornados. Cuando volví a centrar la mirada en esa preciosidad gigantesca, me di cuenta de que se había acercado a mí o yo me había echado hacia el borde de la encimera, porque ahora lo tenía justo ahí, a un par de centímetros de mi hendidura.

La polla se tensó de golpe en mi mano.

Mi sexo palpitó.

—Quiero que me la metas —susurré.

Avanzó y me acarició la entrada húmeda con la erección, como había hecho antes entre las nalgas.

—Ah, ¿sí?

—Sí. —No podía apartar los ojos de su magnífico miembro, de lo grande que era mientras se deslizaba sobre mi entrepierna. Me estremecía sentirlo tan cerca del punto en el que la necesidad me cosquilleaba y me torturaba al mismo tiempo—. Sí, por favor.

Esta vez, cuando volvió a resbalar sobre mis labios, su punta se dirigió hacia mi hendidura. Noté cómo le palpitaba.

—Tengo los condones en la habitación.

Lo que significaba que teníamos que ir a la habitación.

Pero no me moví ni un centímetro y lo único que hizo él fue metérmela: solo la punta. Gemimos al unísono, con las frentes pegadas mientras contemplábamos el erotismo de nuestra unión.

—Lo vas a disfrutar tanto… —jadeé.

—Me vas a matar, Edie, joder. —La sacó solo para volver a meter solo la puntita.

—Esto no está bien. —Estaba fatal. Era como jugar a la ruleta rusa con la esperanza de poseer la fuerza suficiente para separarnos antes de tener relaciones sexuales sin protección en la cocina. Que sí, que tomaba anticonceptivos, pero ni él ni yo éramos unos monjes, precisamente, y había otros motivos de preocupación más allá de un embarazo no deseado.

—Puede que no esté nada, nada bien —respondió, y cuando levanté la mirada hacia su rostro, me di cuenta de que me estaba mirando a mí, y no a su polla y tuve la clara sensación de que no se refería al hecho de que no usáramos condón.

Pero no quería pensar en qué quería decir.

No quería darme tiempo para pensar que tal vez Brett tenía razón.

Y, sobre todo, no quería que le diera las vueltas suficientes como para decidir que había que parar.

Así que le alcé la barbilla para que sus labios estuvieran a un suspiro de los míos e hice lo que había advertido que haría: suplicar.

—Por favor, por favor, por favor, Brett, llévame a la habitación ahora mismo y fóllame con esta monstruosidad que tienes entre las piernas.

Y entonces, me llevó a la habitación y pasaron horas antes de que ninguno de los dos empezara a pensar en cualquier otra cosa.

Capítulo 4

El olor a beicon me despertó y me recordó que no estaba en mi casa. Avery estaba en contra de comer cualquier cosa que contuviera más de un veinte por ciento de grasas (en otras palabras, cualquier cosa deliciosa), así que su típico desayuno de domingo consistía en claras de huevo y pavo, y ni lo primero ni lo segundo saturaban el ambiente de un olor delicioso.

Lo que significaba que había pasado la noche en casa de Brett.

En cuanto me di la vuelta, músculos que no recordaba que tenía se quejaron del movimiento.

Y entonces recordé qué más había hecho por la noche. Con Brett. Una y otra vez.

Imágenes fugaces de nuestra aventura sexual me pasaron ante los ojos como si fuera un anuncio de un canal de pornografía. Madre mía, menudas dotes tenía Brett. Lo que me había hecho con la lengua… ¿De verdad me había doblado sobre mí misma de esa forma? Ni siquiera sabía que era tan flexible.

Llevé las piernas hacia el lado de la cama y un espasmo me recorrió los isquiotibiales. Vaya, pues resulta que no era tan flexible. Había ignorado mis limitaciones físicas y ahora estaba pagándolo con creces.

Había valido la pena.

Apenas era capaz de sentarme erguida, síntoma de que había disfrutado del mejor sexo de mi vida y estaba bastante segura de que no podría borrarme la sonrisa de oreja a oreja de la cara ni aunque me pagaran.

Alargué el brazo para agarrar el móvil (cuando has gozado de un sexo así, tienes que contárselo a alguien), pero entonces me acordé de que no lo había puesto a cargar.

Sin embargo, ahí estaba: apoyado en el puerto de carga de la mesita de noche como si fuera su sitio habitual. Había que reconocer que mi funda rosa quedaba bien al lado del iPhone gris grafito de Brett, de sus gemelos dorados y de su Apple Watch y… «Madre mía, anoche me acosté con Brett».

En ese momento tomé consciencia de lo que había pasado la noche anterior y me impactó: me había acostado con Brett Sebastian. Un buen chico, comprobado. Mi mejor amigo. El rey del cunnilingus: un hecho que desconocía hacía doce horas y que ahora sabía que no podría olvidar. Tampoco quería dejar de saberlo. Quería que me colmara con su don una y otra vez, para siempre, y por eso estaba a punto de darme un ataque mayúsculo.

No obstante, en realidad no me sentía al borde de un ataque, como debería. De hecho, me sentía muy bien, mejor de lo que había estado en mucho tiempo, y no solo porque me acababa de pasar la noche practicando sexo, sino también a nivel emocional y mental. Como un *déjà vu* de buenas sensaciones. Me sentía bien, como cuando sabes que estás en el sitio correcto en el momento correcto.

Nunca me había sentido así tras pasar una noche con Scott.

Quizá porque cuando estaba con él tenía unas expectativas mucho más altas. O porque nunca había permitido que me quedara a dormir. O porque nunca se había parado a charlar conmigo una hora antes de un segundo asalto. O porque nunca había querido un segundo asalto. Pero todas estas excusas me parecían demasiado simples.

Aunque en realidad era así de simple y era yo la que lo estaba complicando. Me sentía bien porque había sido con Brett. Porque ya lo quería y sabía que él me quería a mí. No había tenido que hacerlo estando en guardia. Confiaba en él, podía permitirme ser vulnerable y la noche anterior él me había demostrado que se merecía esa confianza tanto como lo había hecho miles de veces antes.

Así que... ¿qué se suponía que iba a pasar ahora?

Necesitaba consejo y rápido.

Con el móvil en la mano, me metí en el baño (desnuda, porque la ropa que tenía aquí estaba en el armario de la habitación de invitados y no tenía ni idea de dónde había terminado el vestido que llevaba anoche) y me encerré. Con la espalda apoyada en la puerta, desbloqueé la pantalla y me llevé el teléfono a la oreja antes de darme cuenta de que la persona a la que llamaría en una situación como esta era la misma persona sobre la que necesitaba hablar.

«Mierda».

¿Era este el motivo por el que la gente siempre decía que una no tenía que acostarse con su mejor amigo? Había que aclarar este punto en la *Guía universal para la vida* que tantas veces había deseado que existiera.

Brett no era mi único amigo, gracias a Dios, pero en un rápido repaso mental de las personas a las que podía confiar los detalles de mi encuentro nocturno y esperar que me ofrecieran un buen consejo me dejó con una lista vacía.

Solo estaba mi hermana.

«Mierda». Me había olvidado de los pañales.

Así que no podía llamarla.

Pero podía llamar a Nolan.

—Ya he ido a comprar yo los pañales —anunció en vez de saludar—. Si es que me llamas por eso. —Parecía estar sin aliento y, por el ruido que había de fondo, deduje que estaba fuera.

—Lo siento. Se me olvidó por completo. ¿Avery está muy enfadada?

—Bueno, ya la conoces. No fue una situación tan crítica como parecía. Finch y yo hemos comprado un paquete de camino al parque. Lo he cambiado en un banco y ahora estamos haciendo *footing*, como cada domingo, ¿verdad, grandullón? —Bajó la voz en la última frase, como hacía siempre que se dirigía directamente a Finch.

En cambio, Avery subía la voz cada vez que hablaba con su pequeño. Cuando estaban los dos juntos hablando embobados con su hijo, Brett y yo siempre nos partíamos de risa.

«Ay, Brett».

El estómago me dio un vuelco solo de pensar en él.

—Vamos, que no ha pasado nada —prosiguió Nolan, que había recuperado su tono habitual—. Ignora cualquier mensaje que te mande mi mujer enfadada y disfruta con Scott.

Era curioso que la mera mención de Scott me provocara un escalofrío cuando hacía solo unas horas había dejado que me metiera los dedos en una fiesta del trabajo.

Bueno, sería más apropiado decir que lo engatusé para que me masturbara.

También me pareció curioso que Nolan asumiera que había pasado la noche con Scott. Seguramente porque permitía (bueno, sobre todo a Avery) que pensara que las cosas con Scott iban mejor de lo que en realidad iban.

Había llegado el momento de subsanarlo.

—En realidad, no estoy con Scott. Estoy con Brett. He pasado la noche en casa de Brett. —Y entonces, al recordar que a menudo pasaba noches inocentes en casa de Brett, puntualicé—: He pasado la noche con Brett, en su cama.

Se produjo una breve pausa.

—¿Por primera vez?

—Sí, por primera vez. ¿Qué quieres decir con «por primera vez»? ¿Creías que estábamos liados?

—No lo sé. No me parece tan impensable. Avery y yo nos preguntamos a menudo por qué no estáis juntos. Parece mejor para ti que su primo. Lo único que se nos ocurría era que tal vez Brett y tú no teníais química en la cama, pero para saberlo tendrías que haber… ya sabes.

—Pues no. La primera vez fue anoche. —Tenía la voz tensa. Me irritaba que mi hermana se lo hubiera imaginado.

—¿Y…?

—Y… —Me interrumpí cuando me vi reflejada en el espejo. Tenía un chupetón en el pecho. Varios, en realidad. Cuando alcé la mano para tocar una de las marcas, me di cuenta de que tenía las muñecas rojas. Me asaltó una imagen de mis manos atadas a mi espalda con la corbata de Brett mientras me embestía desde atrás y, de repente, me invadió un sofoco—. Y fue el mejor sexo que he tenido en la vida —concluí.

Otra pausa.

—¿Estás segura de que no preferirías hablar con tu hermana?

—Muy segura. —Y más ahora que sabía que ya tenía su propia opinión sobre con qué Sebastian debería estar acostándome—. Necesito consejo, no un sermón.

—Espera un momento, será mejor que salga del carril para correr. —Oí que el ruido se amortiguaba. Unos cuantos segundos después, volvió a parecer que el sonido cambiaba—. De acuerdo. Venga, estoy listo. ¿Qué quieres preguntarme?

Reprimí un gruñido. ¿Acaso no era evidente?

—Me he acostado con Brett —enfaticé, despacio, por si a Nolan le costaba concentrarse por aquello de estar en la calle y tal—. Ya sabes, mi mejor amigo de estos últimos diez años, el padrino de tu boda.

—Sí, sí, lo he pillado. —Parecía tan irritado como yo—. Bien. ¿Tienes intenciones de volver a acostarte con él?

—¡Eso es lo que necesito descubrir! ¿Debería? A ver, estuvo muy bien, como ya he dicho, pero en realidad hay mucho más. Cuando estamos juntos, nos lo pasamos bien, tenemos muchos intereses en común, no solemos discutir, bueno, al menos no sobre nada importante, y lo aprecio mucho, claro, y él a mí también.

—Bueno, creo que hace años que siente algo por ti.

—¿En serio? —Puse los ojos en blanco ante mi respuesta porque ya lo sabía y tirarle de la lengua sobre este tema era más desesperación que humildad, pero en realidad estaba un tanto desesperada: desesperada porque alguien confirmara que lo que estaba pensando no era una locura.

Sin embargo, estaba hablando con Nolan, mi cuñado, y nos llevábamos muy bien. No tenía que servirme de artimañas.

—Bueno, sabía que cabía la posibilidad. Así que ¿qué hago…? ¿Qué hacemos…? ¿Qué hacemos ahora?

Nolan se echó a reír y, aunque dudaba que quisiera ser condescendiente, sí que me sentí un poco como la Eden que no sabe qué hace con su vida, como solía ocurrirme casi siempre que interactuaba con mi hermana.

—Vale. Gracias por nada. Ya hablaré…

Me interrumpió:

—Lo siento, perdona. No quería reírme. Oye, si quieres que haya algo más entre los dos, deberías hablar con él. Sé sincera, confía en él. Brett es la única persona que podrá decirte algo seguro sobre el tema.

Durante unos segundos, me planteé si podía llamar a Brett desde la seguridad que me brindaba el baño.

—Habla con él cara a cara —añadió Nolan, como si me hubiera leído la mente.

—Vale, vale. —Pero no me valía. Estaba ansiosa y esperanzada y, por muy incómoda que fuera la ansiedad, estaba muy poco acostumbrada a sentir algo que se asemejara al optimismo—. Hablaré con él.

—Bien.

—Gracias.

—Y buena suerte —dijo, antes de colgar—. Te mereces un tío que te trate bien.

Yo no estaba tan segura de eso.

Pero después de pasar la noche con Brett Sebastian, estaba segura de una cosa: cualquier otro hombre era mediocre en comparación.

Capítulo 5

Aunque suponía que mantener una conversación con Brett estando desnuda tenía sus ventajas, me pareció más adecuado vestirme.

Una rápida inspección al cesto de la ropa que tenía en el baño me obsequió con la camiseta que Brett se había puesto para ir a yoga el día anterior. La olisqueé para comprobar que no era una elección asquerosa y descubrí que solo olía a la fragancia masculina y natural de Brett.

Era un aroma que tenía unos efectos sorprendentes en mi entrepierna. ¿Siempre me habían afectado tanto sus feromonas o era una novedad provocada porque ahora sabía lo bueno que era en la cama?

Quería achacarlo a esta última opción, pero una parte de mí que me había negado a reconocer que existía me gritaba que se trataba de la primera.

Fuera cual fuera el motivo, me puse la camiseta y me miré en el espejo. Todavía parecía una mujer a la que habían dejado increíblemente satisfecha (no había nada que hacer con el pelo y los chupetones), pero ahora además lucía el mensaje subliminal de «pertenezco al dueño de esta camiseta».

Quizá era demasiado evidente, pero a los hombres de las novelas eróticas parecía gustarles que las mujeres llevaran su ropa. En general, la mujer no solía aguantar vestida demasiado rato, pues primero la devoraban con la mirada y luego le quitaban la ropa. Lo mejor sería probarlo en la vida real.

Me planteé buscar unos pantalones cortos que ponerme debajo (en los cajones, no en el cesto), pero se me ocurrió que tal vez era demasiado invasivo y, además, tenía ganas de verlo, unas ganas que me sorprendieron, como si hubieran pasado días y no unas pocas horas.

Estaba nerviosa, algo que también me sorprendió. Respiré hondo unas cuantas veces antes de reunir el valor suficiente para salir del baño y dirigirme a la cocina. Me lo encontré ante los fogones, friendo beicon. El plato lleno de aceite que había en la encimera me hizo pensar que ya se había comido la primera tanda.

Apoyé la cadera en la encimera sobre la que me había inclinado la noche anterior y traté de evitar que los recuerdos obscenos sobre lo que habíamos hecho aquí me desviaran de mis intenciones.

—Buenos días.

—Hola —respondió, y me echó un vistazo rápido que se convirtió en una mirada fija al ver lo que llevaba—. ¿Ahora te pones mi ropa sucia? Quizá deberíamos poner límites en esta relación, más que nada por tu bien y para evitar que te encuentres guarradas.

No era precisamente la reacción que buscaba.

Volví a olisquearla y seguí sin detectar nada asqueroso en su olor.

—Creo que tienes una forma peculiar de medir lo que son las guarradas. —Caí en el doble sentido tras haberlo dicho, y noté cómo el rubor me teñía las mejillas mientras Brett sonreía—. De todas formas, creo que me queda bien.

—Bueno, no se me ocurre nada que no te quede bien. —Se volvió hacia los fogones, así que supuse que ahora era él quien se ruborizaba, aunque en diez años no lo había visto sonrojarse nunca.

De acuerdo, quizá sería más fiel a la realidad decir que fantaseé con que se sonrojaba. La cuestión es que por fin había reaccionado como esperaba que hiciera, más o menos.

Bueno, en realidad para nada, porque tenía la atención puesta en la cocina y no en devorarme, pero quizá era mejor así, puesto que teníamos que hablar.

Pero ¿cómo sacar el tema?

—¿Supongo que quieres lo de siempre? —me preguntó mientras yo seguía pensando qué debía decir—. Esta tanda la estoy haciendo bien crujiente.

«Lo de siempre» quería decir la tortilla de beicon, queso y tomate que él me preparaba cada vez que me quedaba a desayunar. Tres huevos enteros, y no solo las claras, coronados con trocitos de beicon crujiente.

—Sí, por favor. —Por lo general, era una persona educada, pero ahora me parecía que estas palabras tenían otras implicaciones. Las había pronunciado una y otra vez a lo largo de toda la noche (para suplicarle que me la metiera, para rogarle que me dejara correrme, para pedirle que no parara nunca), y ahora me parecían más desvergonzadas que educadas.

Lo observé tratando de descubrir si esas palabras tenían el mismo efecto en él y... Nada. Siguió concentrado en lo que estaba haciendo, como siempre. Como si fuera un domingo cualquiera de los de antes.

Un tanto abatida, rodeé la encimera hacia el extremo opuesto, me encaramé a un taburete y deseé haberme traído el móvil para fingir que estaba navegando por las redes sociales como solía hacer mientras me preparaba el desayuno, en vez de suspirar por él como una chiflada con cada movimiento que hacía.

Por suerte (o por desgracia, según cómo se mirara), no parecía consciente de mi presencia, menos aún de lo que estaba haciendo.

¿Se le daba de maravilla actuar «normal» o es que lo de anoche no había significado tanto para él como para mí? Cuanto más tiempo me daba la espalda, más me parecía que había malinterpretado sus sentimientos por mí y que la maravilla de sexo que habíamos tenido era su comportamiento habitual cuando se acostaba con cualquier mujer.

Afortunada ella.

Y, además, ahora detestaba a cualquier mujer a quien Brett hubiera echado varias ojeadas.

Solo había empezado a sumirme en una espiral de vergüenza y amargura cuando por fin se volvió para ofrecerme una tortilla espectacular coronada con trocitos de beicon crujiente, tal y como me gustaba, condimentada con un poco de perejil.

Tanta atención a los detalles debía implicar que creía que yo era especial, ¿no?

Si el plato no me lo había demostrado, sus ojos no pudieron esconderlo. Saltaron chispas cuando nuestras miradas se cruzaron y las comisuras de sus labios se curvaron como si reprimiera una sonrisa testaruda.

—Es de cuatro huevos en lugar de tres —anunció—. He pensado que esta mañana necesitarías más energía.

Ahí estaba: el reconocimiento de lo que había ocurrido, y ahora era yo la que perdía la batalla con mi propia sonrisita tonta.

Qué demonios, si ni siquiera lo intenté. Sonreí como una idiota.

Pero entonces, de repente, Brett frunció el ceño. Alargó la mano para agarrarme la muñeca.

—Mierda, ¿he sido yo quien te ha hecho esto?

Bajé la vista a las marcas enrojecidas.

—Creo recordar que no protesté.

Su expresión se relajó un poco.

—No, no protestaste en absoluto.

Ajá. Con que sí se acordaba de mis súplicas.

Giré la mano para que nuestras palmas se tocaran y entrelacé los dedos con los suyos. Encajábamos de una forma tan natural…

No se apartó y la tensión que cargaba el ambiente creció y se encrespó. La electricidad del aire me hacía sentir viva. Si siempre había existido esta tensión entre nosotros, ¿cómo había sido capaz de resistirme durante tantos años?

—Ayer… Brett… —No me daba miedo explicarle cómo me sentía ahora, solo que no sabía cómo formularlo—. Me lo pasé muy muy bien.

—¿Sí? Yo también. —Me acarició el pulgar con el suyo y, madre mía, con ese simple roce se abrieron las compuertas entre mis muslos.

—Muy muy bien.

—Perfecto.

—Quizá... deberíamos hacerlo más a menudo.

Soltó una risita mientras apartaba la mano. No parecía que me estuviera rechazando, sino más bien parecía un «necesito la mano para prepararme el desayuno».

—¿Te refieres a que seamos amigos con derecho a roce? —preguntó y se volvió para echar el resto de los huevos batidos en la sartén.

—Eh... ¿quizá? En realidad, yo pensaba más bien en... —Me asaltaron los nervios otra vez. Hablar con él de espaldas ayudaba y a la vez no. En cierto modo, era más fácil ser vulnerable si no me miraba directamente. Y, por otro lado, sus ojos eran lo único que me indicaba que la conexión que había sentido era real.

—¿Más bien qué?

—Bueno, es que ya tenemos una relación tan íntima... Siempre estamos juntos, conocemos nuestros secretos... y nos apreciamos mucho. Si le añades el sexo, casi que sería la definición de una relación.

Se quedó petrificado. O, al menos, eso pareció.

Era difícil de decir desde el taburete. Quizá solo estaba esperando a que se cocieran los huevos antes de dar la vuelta a la tortilla, pero me dio la sensación de que erguía la espalda y tensaba los hombros. Se mantuvo en esa posición durante lo que me parecieron horas.

Solo habían pasado unos segundos cuando alargó el brazo para agarrar el bol donde había rallado el gouda y lo echó en la sartén.

—Creía que habíamos acordado que no íbamos a permitir que lo ocurrido anoche arruinara nuestra amistad.

—Sí. —No estaba preparada para esta respuesta. La verdad es que no estaba lista para ninguna otra que no fuera volver a practicar sexo sobre la encimera y necesité unos instantes para pensar qué decir—. Pero esto no arruinaría nuestra amistad. Sería añadirle un plus.

Como no respondió, seguí:

—O al menos probarlo y ver si funciona.

¿Por qué no nos iría bien? Ya funcionábamos genial. ¿Lo sucedido anoche no había sido una prueba de que podía irnos de maravilla?

—Te estoy escuchando. Es solo que… —Dobló la tortilla por la mitad—. Estoy pensando.

El hecho de que tuviera que pensárselo me desconcertó y me molestó.

—Pero si ya me has ofrecido vivir contigo alguna vez.

—¿Ahora quieres que vivamos juntos?

—No. —Esto no estaba yendo nada bien—. Creo que, si me ofreces compartir un alquiler, al menos ya estás dispuesto en tener una relación a largo plazo conmigo.

—Pues claro que estoy dispuesto, somos muy buenos amigos.

Ignoré el énfasis que le dio a esta última palabra.

—De verdad, es alucinante que no hayamos intentado ser pareja antes.

Dio la vuelta a la tortilla, esperó unos segundos que se hicieron eternos, y luego sirvió el desayuno en un plato vacío antes de girarse hacia mí.

—Nunca habías mencionado la posibilidad de tener una relación conmigo.

Es verdad.

Pero él tampoco.

Tragué saliva.

—¿No te lo has planteado nunca?

Cuando se lo había preguntado la noche anterior, su expresión se había iluminado y me había abierto una ventana a un pozo de sentimientos encerrados durante mucho tiempo. Había pensado mucho en mí. Hacía mucho que me deseaba.

Pero ahora su expresión era dura y el pozo estaba cerrado a cal y canto.

—No me imagino ese futuro contigo.

—Ah. —Me escocían los ojos.

Mierda. Había pasado mucho tiempo desde la última vez que había llorado por un chico. «Llorar» por Scott tan solo era una excusa para comer un montón de helado y lamentarme por mi vida.

Este rechazo era muy distinto.

¿Conocéis el típico cliché del cuchillo que te atraviesa las entrañas? Así es como me sentí. Como si me hubieran apuñalado hasta la médula, y no era culpa mía si Brett acababa con el parqué lleno de sangre.

—Edie… Lo siento.

La noche anterior, el apodo me había prendado como si estuviera en el mismísimo infierno.

Ahora, en cambio, me parecía condescendiente.

«Venga, Edie. Contrólate».

—No, no, no. No te disculpes, de verdad. No era más que una idea.

Una idea horrible, al parecer. Aunque no lo comprendía, porque ¿no había sido Brett el que siempre había dado a entender que le gustaba?

—Solo estás sensible por culpa de Scott.

—Sí, sí, claro, será eso. —No era eso ni de broma, pero me alegré de poder aferrarme a esa excusa para justificar las lágrimas que trataba de reprimir de forma evidente.

—Dale una semana y todo volverá a ser como antes entre vosotros dos.

¿A qué venía esta frase ahora? ¿Creía que esto había sido por despecho hacia Scott?

—No quiero saber nada más de él.

—Ya.

—Esta vez lo digo en serio.

—¡Bien! Me alegro. —Y se alegraba, pero no me creía. Lo tenía escrito en… todo el cuerpo.

Y eso ralentizó las lágrimas. Porque, en realidad, no me estaba rechazando y tener una relación no era una mala idea, pero él no creía que se lo dijera en serio.

Así que ahora solo necesitaba un poco de tiempo para demostrarle que así era.

Capítulo 6

—¿Has visto a Brett? ¿Ha dicho algo sobre el vestido?

Apoyé un codo en el escritorio y me tapé la cara, como si pudiera esconderme de la mujer que había al otro lado de la línea.

Sin embargo, era imposible ocultarme de Avery. A estas alturas, ya sabía que no respondía al móvil durante las horas de trabajo y se había acostumbrado a llamar al número de la empresa, y era mi responsabilidad atender esas llamadas.

—Si no te ha hecho ningún cumplido —prosiguió—, es un imbécil. Ese vestido te queda de maravilla.

Ese era el problema de tomar prestada su ropa. Era más difícil fingir que me vestía así porque quería y no para llamar la atención de Brett.

—Jolín, ojalá no te lo hubiera dicho —gruñí—. Espera. Yo no te lo dije. Ojalá no se lo hubiera dicho a Nolan.

—Deberías habérmelo dicho.

No, debería haber mantenido la boca cerrada. Contárselo a Nolan había hecho que Avery me esperara en la puerta para darme la bienvenida cuando por fin había llegado a casa el domingo y, como detestaba quedar como una fracasada total ante la diosa que era mi hermana, me vi obligada a convertir las calabazas que me había dado en algo que no se pareciera tanto a un rechazo.

—Vamos a ver cómo avanza la cosa —le dije, igual que le había dicho el domingo—. ¿Te acuerdas? Vamos a ir poco a poco. No empieces a hacer planes para renovar mi habitación todavía.

Suspiró de una forma que dejaba claro que ya había empezado a pensar qué haría cuando yo me fuera.

—¿Qué significa exactamente ver cómo avanza la cosa?

—Como si no me lo hubiera preguntado cada día de esta semana.

Y hoy era viernes. Había sido una semana muy larga.

Saqué un pósit del bloc que tenía en el escritorio, apunté «comprar un billete de lotería» y lo subrayé dos veces. ¿Quería que me fuera? Pues buena suerte cada vez que necesitara una canguro instantánea cuando hubiera ganado la lotería.

—Significa que no vamos a darnos prisa por cambiar nuestra relación. Si tiene que pasar algo más, ya vendrá.

—Pero ¿sabe él que quieres que seáis algo más? Porque si lo sabe, creo que con eso de no daros prisa por cambiar las cosas intenta decirte que no le interesas sin que suene mal.

Una parte de mí sabía que trataba de ayudarme, pero otra incluso más grande estaba demasiado enfadada con el hecho de que mi hermana hubiera asumido de forma automática que me había dado calabazas, y me sentía más humillada todavía porque sabía que tenía razón.

—¿Sabes qué, Avery? No necesito tus consejos de mierda.

—Ah, ya veo, así que ahora, en vez de ingeniártelas para camelarte a un Sebastian que no quiere prestarte atención, tratas de ligarte a otro Sebastian que tampoco quiere hacerte caso. La misma mierda, pero con un Sebastian diferente. Ya lo entiendo.

Cuando Avery se ponía a la defensiva, siempre se comportaba fatal.

De tal palo, tal astilla:

—Al menos no tengo que correrme en silencio con un vibrador porque mi marido se ha quedado roque antes que el bebé por séptima noche consecutiva. —Eran detalles íntimos que una no debería saber sobre su familia, pero que conocía porque dormía a cuatro metros de distancia.

Era un golpe muy bajo, y más cuando ella me había confesado que estaba deprimida por la falta de sexo desde que había nacido el bebé, pero su comentario también había sido un golpe muy bajo. Enfadada, herida y con la intención de tener la última palabra, colgué antes de que pudiera replicarme.

Entonces, como no me sentía mejor, agarré el auricular y lo volví a colgar de un golpetazo.

Luego forcé una sonrisa falsa y cordial porque las puertas de cristal se abrieron de golpe y una chica morena muy bien vestida entró.

Esperaba que cruzara el vestíbulo para informarme de su llegada, pero se quedó unos segundos donde estaba. Parecía un poco perdida y me miraba fijamente. Supongo que tenía la esperanza de que yo le indicara dónde debía ir, pero en el delicado estado en el que me encontraba me daba la sensación de que me observaba con odio y tuve que esforzarme mucho por no esconderme bajo el mostrador con las Oreo que guardaba en secreto al final del último cajón.

—¿En qué puedo ayudarla? —le pregunté cuando por fin se acercó, porque no iba a ponerme a gritar a varios metros de distancia, por muy perdida que se la viera.

—Buenos días, tengo una reunión con Scott Sebastian. —Debía de haberme imaginado la malicia que creía haber visto en sus ojos. Lo único que ahora percibía era una profesionalidad cordial con cierto vestigio de nerviosismo—. Soy Tess Turani, de Conscience Connect. Me espera a las diez.

Consulté la agenda de Scott y me di cuenta de que era la primera vez que lo hacía en todo el día. De hecho, apenas la había mirado en toda la semana. Antes, me habría sabido de memoria cada cita, en busca del mejor momento para presentarme en su despacho con unos papeles inventados que tenía que firmar o una pregunta de la que ya sabía la respuesta.

Ahora sí que lo había superado, ¿verdad?

Esta semana había dedicado mis energías a pensar en Brett, pero suspirar por él era muy distinto a hacerlo por Scott. Me esforzaba mucho por comportarme con naturalidad cuando estaba con él, como si la noche que habíamos pasado juntos y sus consiguientes calabazas no me hubieran afectado en lo más mínimo. Brett necesitaba tiempo para darse cuenta de que ya no me gustaba Scott y, aunque me costara mucho dárselo, eso era lo que le iba a ofrecer.

Mi sorprendente autodisciplina había evitado que controlara su agenda. Y esa era la razón por la que, cuando no vi a Tess Turani en la agenda de Scott, busqué su nombre y descubrí que estaba apuntada en la de Brett.

—Ah, aquí está. Veo que no tiene la reunión con Scott, sino con Brett.

Noté un tirón en el estómago, como si se me hubiera metido algo entre las costillas. Me había llamado antes para informarme de dónde estaría para la presentación que tenía hoy, pero no había mencionado que sería con una mujer. Una chica joven, atractiva, de ojos grandes y piel preciosa.

Bueno, hola, Monstruo de ojos verdes, viejo amigo.

—La está esperando en la sala de reuniones, la acompañaré. —No sé cómo, pero logré no sonar como una imbécil.

—Oh, de acuerdo, muchas gracias. —Parecía sorprendida. Creía que se iba a reunir con Scott, el vicepresidente del departamento, en vez de con tan solo un mero director de cuentas.

No obstante, se iba a reunir con Brett Sebastian, un hombre que era capaz de hacer que una mujer se corriera de veinte formas distintas en una sola noche y que sabía prepararle el desayuno perfecto a la mañana siguiente. ¿Sabía ella que estaba a punto de adentrarse en los dominios de un dios?

Con la actitud adecuada de recepcionista por la que se me pagaba, me levanté y rodeé el mostrador. En cuanto le di la espalda, sin embargo, puse mala cara. Sus zapatos caros resonaban sobre el suelo de mármol detrás de mí, prueba suficiente de que me seguía.

En la sala de reuniones, abrí la puerta y la dejé pasar, con cuidado de no encontrarme con la mirada de Brett, porque no la habría buscado si solo fuera un amigo.

Pero cuando ella entró y Brett le dispensó una bienvenida especialmente efusiva (el tipo de bienvenida reservada solo para personas que ya había conocido en entornos no profesionales), no pude evitarlo y le eché una mirada.

Y la tensión entre las costillas creció.

Brett la conocía. Y era evidente que quería seguir haciéndolo.

Mantuve la puerta abierta (porque era una imbécil masoquista), me hice a un lado para salir de su campo de visión y me quedé pegada a la pared para escuchar. Aparentemente, ni el uno ni la otra se habían dado cuenta de que su conversación no era del todo privada, lo que solo hizo que el doloroso aguijón empeorara.

¿Quién narices era esta chica?

No tardé mucho en deducir que era la chica que Brett había conocido el sábado por la noche, me había hablado de ella durante minutos antes de que yo hubiera decidido acostarme con él. La chica que decía que quería volver a ver.

¿Había pensado en ella durante la noche que había pasado conmigo? Cuando me había agarrado del pelo castaño, ¿se había imaginado sus rizos negros? ¿Me había hecho darme la vuelta tantas veces para evocar mejor la fantasía?

Me entraron ganas de vomitar, de echarme a llorar y de ser otra persona. Alguien que se mereciera el cariño de Brett, alguien que no se hubiera pasado diez años yendo detrás de conquistas imposibles como Scott, porque le daba demasiado miedo descubrir conquistas posibles que tampoco la querían. Alguien que no recibiera siempre un no por respuesta cuando abriera su corazón.

Cuando oí mi nombre de una forma que parecía que ya se había pronunciado varias veces, pestañeé y vi que tenía a Matthew delante.

—¿Perdona?

—¿Te ha mandado Paris la versión definitiva del reportaje para *Business Trends?* —me preguntó, impaciente.

Desvié la atención de los recovecos más oscuros de mi mente y traté de visualizar la bandeja de entrada. La había consultado antes, pero no había leído todos los correos que tenía.

—Creo que sí. Lo miro y te lo reenvío.

De vuelta al mostrador, encontré el correo y lo mandé, luego me vi forzada a buscar los folletos que se suponía que la imprenta había entregado, pero que nadie había visto, y después firmé la orden para que el técnico comprobara la conexión del wifi de la oficina antes de regresar a la sala de reuniones bajo el pretexto de tener que hacer unas fotocopias en la sala contigua.

Agarré unos papeles que no tenían que copiarse y me detuve otra vez junto a la puerta para escuchar:

—Soy uno de los Sebastian secundarios —decía Brett, una broma que ya le había oído hacer en varias ocasiones cuando la gente descubría que no pertenecía a la rama más famosa y poderosa de la estirpe de los Sebastian.

A mi entender, era una broma horrible, pero tanto menosprecio hacía que la gente se relajara.

—No soy descendiente de Irving. Mi abuela era Ida, su hermana. Soy solo un primo. Con mucho menos poder, y mucho menos imponente.

Agucé el oído para entender su respuesta y oí que se me mencionaba, pero desde el otro lado de la puerta.

—¡Estoy haciendo fotocopias! —exclamé, con demasiado entusiasmo.

Scott (uno de los Sebastian principales, según la broma de Brett) me replicó con una mirada socarrona.

—Pues... bien. ¿Sabes dónde se ha reunido Brett con la representante de Conscience Connect?

—Ah, sí. —Me animé—. Justo aquí.

Perfecto: Scott Sebastian siempre eclipsaba a su primo.

No era bueno para Brett, huelga decirlo, pero siempre se lo tomaba con calma. Al haber sido un «Sebastian secundario» toda la vida, debía de estar acostumbrado, y ojalá no le hiriera demasiado el hecho de que ahora Scott apareciera y le robara toda la atención de Tess Turani. Pero, honestamente, no me importaba si ese era el caso.

Yo no sería una amiga de mierda. Aunque, claro, un corazón roto y unas calabazas podían tener ese efecto en una.

Seguía de pie junto a la puerta cuando, inevitablemente, en menos de un minuto, Brett salió del despacho y cerró la puerta.

—Hola —me saludó.

—Estoy haciendo fotocopias —expliqué, dejándome menos en evidencia que cuando se lo había gritado a Scott—. ¿Ha ido bien la reunión?

—Sí. —Parecía vacilante. Pero luego añadió, con más seguridad—: Sí. Creo que por fin hemos encontrado una organización a la que patrocinar que realmente mejorará nuestra imagen.

—Qué bien. Veo que Scott parece interesado. —Lo dicho: una amiga de mierda.

El semblante de Brett se endureció.

—Sí. Le interesa. Me alegro, por el bien de Tess.

—Tess... Vaya, veo que ya os tratáis con confianza. —Estaba a punto de romper mi promesa de comportarme como si nada hubiera ocurrido cuando estuviera con él. Brett era muy profesional, siempre se refería a todos los socios comerciales de otras organizaciones, incluso a los internos, por el apellido y, aunque la versión «solo amigos» de Eden le habría señalado este cambio en su conducta, habría sonado más bien como una broma y no una acusación.

—Ya te hablé de ella —repuso, con frialdad—. La conocí en la fiesta.

—Ah, ¿sí? —«Se te ve el plumero, Eden, se te ve el plumero»—. ¡Ay! Parece que ya he terminado con las fotocopias, así que si me disculpas... —Me metí en la sala de la fotocopiadora, cerré la puerta al entrar y agarré los papeles que no necesitaba y que hacía rato que habían terminado de imprimirse porque, al parecer, había programado que solo se hicieran cinco copias.

Me eché hacia delante y me di unos golpecitos en la cabeza contra la máquina. Al parecer, todo esto de «me acosté con mi mejor amigo el último fin de semana, pero todo va genial» no se me daba tan bien como creía.

Por otra parte, la estrategia que esperaba usar para ganarme a Brett (darle tiempo) ya no me serviría si él quería tener una relación con la tal Tess.

Durante un segundo, me pregunté si ella optaría por ignorar a Brett con la esperanza de acabar con Scott, quien quizá intentaría acostarse con ella. La fama de ligón era por algo.

Sin embargo, esa posibilidad no supuso un gran alivio porque yo misma había estado con los dos Sebastian y sabía cuál de los dos era el mejor: tanto dentro como fuera de la cama. Solo una tonta se quedaría esperando al inalcanzable de Scott Sebastian mientras tenía a Brett más que dispuesto a estar con ella.

No, la ironía del asunto no se me escapaba.

Había sido una tonta, ya lo sabía. Una tonta por miedo. ¿Acaso ahora me interesaba Brett porque ya no estaba disponible?

Tampoco podía darle muchas vueltas, tenía que centrar mi energía en la cuestión más importante: cómo convencer a Brett de que estábamos hechos el uno para el otro. Alguien dijo una vez que si quieres un resultado distinto, tienes que cambiar la forma de hacer las cosas.

Por desgracia, no se me ocurría una forma distinta.

Así que solo me quedaba trazar un plan.

Capítulo 7

Trazar un plan para gustarle a alguien a quien conocía tan bien era más difícil de lo que pensaba. Brett y yo éramos amigos desde hacía demasiado tiempo. Si le lanzaba una indirecta, se la tomaba como una broma. Si trataba de sonar sensual, me preguntaba qué me pasaba en la voz. Si me inclinaba hacia delante de forma seductora para recoger algo que se me había caído «por accidente», me decía que doblara las rodillas o me haría daño en la espalda.

Yo, por supuesto, seguía intentándolo: el sábado, me puse las mallas de yoga más ajustadas que tenía para ir a clase. El domingo, lo convencí de que me llevara a comer ostras. El lunes, le hice responder a un cuestionario sobre el amor. El martes, me envié un ramo de flores que coloqué bien a la vista en mi escritorio para que se pusiera celoso. El miércoles, lo sorprendí con un café y un trozo de pastel de plátano de su cafetería favorita. El jueves, alabé a Scott como si fuera una adolescente en otro intento por ponerlo celoso. El viernes, lloré en el ascensor. No formaba parte del plan, pero es que nada de lo que había hecho había llamado la atención de Brett.

Y para empeorar las cosas, Tess Turani había aparecido cada día en la oficina para ayudar a un reducido comité a escoger una organización a la que patrocinar y del que, oh, qué sorpresa, Brett era el responsable principal.

Bueno, aparte de Scott.

Qué curioso era que ahora casi no me percatara de su presencia.

Y Brett no se había dado cuenta de que yo ya no me fijaba en Scott.

Y esta era la razón por la que no me había dado cuenta de que este último no estaba presente en la reunión del viernes hasta que llegó la comida y solo había cuatro platos en lugar de cinco.

—¿Silvia vuelve a saltarse comidas? —le pregunté a Brett cuando entró antes de tiempo a la sala de conferencias para ayudarme a organizarlo todo.

—Scott ha dicho que el comité podía terminar de decidir sin él. ¿No te he puesto en copia en el memorándum?

Por suerte, en ese momento entraron Matt y Paris, así que Brett no vio que tomé un pañuelo para secarme las lágrimas. Gracias a Dios que le había robado a Avery el rímel resistente al agua.

Y es que ¿cómo se había podido olvidar de incluirme en un correo de la empresa? Era como si todos mis intentos por atraer su atención hubieran hecho justo lo contrario y hubiera pasado de la categoría de «Mejor amiga» a «Casi ni me acuerdo de que existes». ¿Quería asegurarse de que hubiera entendido que me había dado calabazas?

Lo pensé durante la reunión, mientras rellenaba vasos y me llevaba bandejas vacías. Se acabó, ¿no? Brett no era tonto. Lo más probable era que se hubiera dado cuenta de que estaba coqueteando con él y, como era tan bueno, se esforzaba por no tener que darme calabazas otra vez.

Yo era la imbécil; la tonta testaruda que no aceptaba un no por respuesta.

Estaba apoyada sobre la pared en un extremo de la sala y, como todos los ojos estaban puestos en Tess Turani, nadie vio cómo me daba pequeños cabezazos contra la pared una, dos y tres veces. O al menos creía que nadie me había visto. Pero entonces, Brett me miró, como si estuviera tan en sintonía conmigo que percibiera mi frustración. «¿Todo bien?», articuló sin emitir sonido alguno.

No sabía por qué se decía aquello de tener mariposas en el estómago. Para mí, eran más bien como caballos que galopaban en mis entrañas. Y solo me había dedicado quince segundos de su atención.

Cuando recordé que durante los quince minutos anteriores se había centrado en Tess, el galope se detuvo en seco. No importaba que ella fuera la presentadora y que se suponía que debía dedicarle su atención. Claro que yo rara vez me concentraba en lo que debía cuando Scott me gustaba. No lo hacía a propósito, simplemente no podía evitarlo.

Ojalá Brett tampoco pudiera evitar dedicarme toda su atención.

Pero la vida no siempre es como una quiere.

«Todo bien», respondí moviendo los labios. ¿Qué otra cosa le iba a decir? Entonces, fingí un bostezo, porque ya que me miraba, aprovecharía para señalar que Tess no me parecía nada extraordinaria.

Brett puso los ojos en blanco y desvió la mirada para centrarla en ella, donde la dejó durante el resto de la reunión.

Y era justo, porque su trabajo consistía en escucharla, y la chica parecía muy competente, aunque no había oído ni una sola palabra de lo que había dicho. Me daba la sensación de que, si la escuchaba de verdad, me convencería de que ella se merecía el amor de Brett más que yo, y no necesitaba alimentar más mis inseguridades.

Eché un vistazo al reloj que había en la pared.

«Miiiieeeeeeeeeerda».

Todavía quedaban treinta minutos de reunión. «Mátame».

De repente, Tess exclamó:

—¡Perfecto! —Fue tan escandaloso que atrajo toda mi atención. Metió todas las cosas en el maletín con una energía que no terminé de entender y se puso en pie—. ¡Perfecto! ¡Perfecto!

Entrecerré los ojos y agucé el oído para captar algo más de contexto.

Y, cómo no, Brett saltó de inmediato:

—No tienes por qué hacerlo justo ahora. Todavía nos queda media hora, así que podemos darte consejos sobre cómo presentárselo a Scott. Y, cuando terminemos, puedes pedir cita para más adelante. De hecho, quizá es mejor que te preocupes por todo esto la semana que viene, porque es probable que su secretaria no haya vuelto todavía de la pausa para comer.

El afán de Brett porque Tess no se fuera de la sala me provocó una nueva punzada de dolor en el pecho. A este ritmo, antes de que acabara el día estaría hecha un ovillo en el armario del conserje con un bote grande de helado terapéutico de chocolate de la marca Ben and Jerry.

—Gracias por la sugerencia —respondió Tess casi con el mismo tacto con el que Brett me había rechazado hacía ya casi dos semanas—, pero vuestro entusiasmo me ha motivado mucho. Será mejor que lo intente ahora que todavía me dura el subidón.

—Como quieras. Buena suerte. Todos esperamos que salga bien.

Esta vez, el tono abatido de Brett no me dolió tanto porque me había quedado absorta con el tono que había usado Tess. Reconocía ese tono, era un tono ansioso, estaba nerviosa. Y era un tipo de nerviosismo muy específico. El que sentía una mujer que estaba a punto de verse con un hombre con el que muy probablemente acabaría echando un polvo, y el tono se debía a que ya lo había hecho con él otras veces.

Era el tipo de nerviosismo que yo sentía cada vez que estaba en la misma sala que Brett desde La Noche.

¿A quién iba a ver Tess? ¿A Scott?

«Vaya, vaya. ¿No decía yo que acabaría quedándose con la chica?».

Pobre Brett.

Aunque lo cierto es que sentía demasiada pena por mí misma como para simpatizar realmente con ese «pobre Brett» y, por el contrario, estaba más que dispuesta a restregárselo.

Brett era tan bueno que no solo me ayudaba a organizar, sino que se quedaba a ayudarme a limpiar. Esperé hasta que los demás se hubieron ido y solo quedábamos nosotros dos.

Entonces salté:

—Se está tirando a Scott.

—¿Qué? —Estaba inclinado sobre la mesa y trataba de alcanzar la servilleta arrugada que Matthew se había dejado. Se irguió de golpe—. ¿Quién?

—Tess. —Ver lo mucho que le importaba me entusiasmaba y me destrozaba en la misma medida—. Tess se lo está tirando.

—¿Estás segura?

Lo pensé.

—No del todo, pero...

Negó con la cabeza y volvió a estirarse.

—Ella no es así. Es una profesional. Confío en ella.

Ignoré lo que eso decía sobre mí.

—¿Y confías en Scott?

Se lo planteó unos instantes y clavó la mirada en la puerta cerrada como si estuviera considerando ir a buscarla, pero luego sacudió la cabeza.

—No hay razón para que estés celosa de Tess. Está aquí para que patrocinemos una organización, no para robarte el ligue.

Tardé un segundo en darme cuenta de que creía que estaba celosa por Scott.

—¿Crees que...? ¡No...! —Por Dios, estaba tan frustrada que no era capaz de construir una oración con sentido—. No estoy celosa. —Al menos, no por la razón que él creía—. Scott me importa un pepino.

—Ya, ya.

Brett colocó bien las sillas.

Corrí hacia el otro lado de la mesa para quedar frente a frente.

—¡Que no! Y no he sugerido que no sea profesional ni que no se tome en serio el patrocinio. Solo digo que, a pesar de que lo sea, Scott le gusta. —Y, en ese sentido, Scott también era bastante profesional. Dejaba el placer para sus horas libres.

Brett se detuvo. Esta vez me miró fijamente.

—¿Cómo lo sabes?

—Es que... —Ni de lejos iba a decirle que la chica se sentía igual que yo con él, pero pensarlo me hizo ser consciente de que estábamos solos en la sala. Y no había nadie más. Por primera vez desde hacía muchos días—. Una mujer sabe estas cosas —añadí finalmente, con tono cálido—. Se ha puesto nerviosa por tener que ir a hablar con Scott a solas.

Brett se encogió de hombros.

—Scott intimida. Y será quien decida cómo acaba su presentación. Claro que estaba nerviosa.

—Era otro tipo de nerviosismo. Se le ha oscurecido la mirada.

—Tiene los ojos oscuros.

—Se le ha oscurecido todavía. Y tenía esa expresión de «¿me he puesto unas braguitas bonitas hoy?». Si casi he olido las feromonas que despedía.

Brett se rio, pero me estaba escuchando. Y me observaba.

—Pongamos que le gusta…

—Le gusta.

Colocó su libreta en la mesa.

—Y que a él le gusta ella…

—¿Qué tía buena no le gusta a Scott? —En otras ocasiones, me habría dolido pronunciar estas palabras, pero ahora había sido como si nada.

Brett no respondió, pero vi que él también se había dado cuenta.

—Y si los dos son unos profesionales…, ¿qué podría pasar entre ellos?

Me dolía que le importara.

A no ser que le interesara porque sabía que podía responder a esa pregunta por experiencia.

Fingí que se trataba de eso último (no era difícil, con esa mirada penetrante que me atravesaba) y avancé despacio hacia su mismo lado de la mesa.

—Bueno, al principio sería todo muy inocente. Ella entrará en el despacho con una intención clara. —Me detuve, a dos sillas de distancia—. Y luego, la olvidará por completo cuando se acerque a él para estrecharle la mano.

—Qué convención tan estúpida —comentó Brett.

—Sí que lo es. Y podrían no hacerlo, puesto que ya se conocen, pero ella se le acercará de todos modos. No será capaz de resistirse.

Y como si él tampoco lo fuera, Brett dio un paso en mi dirección.

—Entonces, ¿él también se le acercará? Para oler mejor su perfume.

Yo era una entendida en perfumes, y en la semana que esta mujer había pasado en la oficina, no había detectado que Tess emanara ningún aroma relevante. En cambio, yo llevaba Perfect de Marc Jacobs, Eau de Parfum, una fragancia que me había comprado hacía poco en Sephora. El corazón me dio un vuelco.

—Y él le hará una broma para poder inclinarse hacia ella como quien no quiere la cosa y ella le colocará la mano en el pecho. «Ay, Scott». —Hice exactamente lo que había descrito para demostrárselo.

Brett bajó los ojos a la mano que reposaba sobre sus pectorales.

—Y él le hará algún comentario sobre el pintaúñas, que combina con el pintalabios.

—Y ella sabrá que, en realidad, lo que le está diciendo es que no puede dejar de pensar en su boca alrededor de la polla.

La ventaja de estar tocándole el pecho es que noté cómo se le aceleraba el pulso, pero él no se apartó. De hecho, de repente pareció acercarse más y la tensión de la sala se multiplicó.

—¿Sabrá él que ella ha entendido lo que él está pensando? —La voz de Brett se había convertido en un murmullo grave.

—Lo entenderá, pero primero tanteará el terreno. —Tragué saliva y dejé que mis dedos descendieran por su camisa, superaran la hebilla del cinturón y se detuvieran justo encima de la evidente protuberancia que se adivinaba bajo los pantalones. Entonces lo miré. Nada en su expresión me indicaba que parara, pero quería estar segura.

Todas mis dudas desaparecieron cuando me agarró la mano y la llevó hasta donde noté la envergadura de su paquete bajo la palma.

—Enséñame cómo —gruñó.

¿«Enséñame cómo» se refería a lo que Tess le haría a Scott? ¿O lo que le había hecho yo?

¿O lo que yo quería hacerle a Brett?

Eran preguntas distintas con respuestas que diferían un poco entre sí. Tanto si era una buena o una mala idea ofrecerle la respuesta que quería, me moría tanto de las ganas que me pareció que no me quedaba otra opción. Fue casi una obligación.

Le desabroché los pantalones tan rápido como pude. Se la saqué de los calzoncillos y se la acaricié en toda su longitud con la palma de la mano.

Entonces me arrodillé, me la metí en la boca y el ronroneo que profirió mi garganta mientras me movía hacia delante y hacia atrás fue tan involuntario como todas mis acciones.

—Sí, sí —dijo, más como una orden que como una forma de animarme—. ¿Llevas bragas? Quítatelas.

Sacármelas era complicado con lo ocupada que tenía la boca, pero Brett me ayudó: colocó la mano con firmeza alrededor de mi nuca mientras yo me contoneaba para deshacerme de ellas. Cuando se las di, esperaba que se las guardara en el bolsillo, al estilo de Scott Sebastian (y lo hizo), pero primero se las llevó a la nariz y las olió.

«Gracias a Dios por los hombres pervertidos».

—Separa las rodillas y levántate la falda. Quiero verte el coño. —Si Brett creía que aún estaba imitando a su primo, tenía algo que decirle: Scott no era tan pervertido. Ni por asomo.

Aunque en realidad no estaba pensando en Scott.

Estaba consumida (literal y figuradamente) por Brett: por su sabor, su olor, su gruñido cuando separé los muslos y me subí la falda.

—Estás muy mojada.

Asentí y la punta del pene me hizo cosquillas en la garganta.

—Enséñame lo mojada que estás.

Y entonces fui yo la que empezó a gruñir. Qué cachonda me ponía.

Me acaricié con las yemas de dos dedos y los levanté para que los viera.

Juro que la siguiente vez que se la chupé, la tenía más dura.

—Úsalo conmigo —me ordenó.

Úsalo para lubricarte la mano, quería decir. Porque hacía buenas mamadas, pero no era de las que tenían una garganta demasiado profunda (y menos con una monstruosidad como la suya), y había estado usando la mano además de la boca.

Cambié de mano y se la agarré con la que estaba húmeda.

—Tócate. Córrete tú también.

No podía decirle que estaba a punto de estallar, con la boca llena como la tenía, pero pareció interpretar a la perfección la forma en la que se me tensó el cuerpo cuando me coloqué la palma de la mano sobre el clítoris.

—No te corras todavía, Edie. Espera. Espera a que llegue yo. Espera hasta que te lo diga.

No me había dado cuenta de lo mucho que necesitaba estar segura de que Brett estaba ahí conmigo y no con Tess hasta que oí cómo pronunciaba mi nombre con la voz rota.

«Gracias».

«Gracias, gracias, gracias».

Saberlo no me ayudó a retrasar el orgasmo. Gimoteé con la boca llena.

—Ya casi. Ya casi —susurró.

Alcé los ojos con la esperanza de encontrarme con los suyos cerrados, pero los descubrí bien abiertos y saltando de mi sexo a mi boca y a mis ojos y de vuelta a mi sexo.

Sabía que era yo quien estaba con él. Me miraba. Me deseaba.

—Vas a tragártelo.

Asentí, aunque no estaba segura de si era una pregunta o una orden.

—Buena chica. —Me acarició el pelo y entonces la polla le palpitó y el cuerpo se le volvió rígido—. Ahora, Edie.

Solo necesité una leve presión de la mano para estallar. La verdad, no habría necesitado nada más que ver cómo se corría y notar cómo se corría. Sus caderas se bambolearon hacia mi boca a la vez que sus manos me sostenían la cabeza y yo me estremecía sumida en mi propio clímax. Se me anegaron los ojos en lágrimas mientras trataba de no ahogarme con el fluido salado que me bajaba por la garganta.

De nuevo, gracias al cielo que llevaba rímel resistente al agua.

—¿Estás bien?

Estaba segura de que me había quedado inconsciente unos segundos y había sido Brett, preocupado por cómo estaba yo y limpiándome la boca con un pañuelo, quien me había hecho volver en mí.

—Sí, sí. —Estaba de maravilla. Tal vez un poco pegajosa y muy temblorosa, pero de maravilla.

—Las rodillas. —Las tenía rojas y con roces de la moqueta, pero casi no notaba el escozor—. Deja que te ayude a ponerte de pie.

Le agarré la mano, me levanté y fruncí el ceño al ver la mancha de humedad que había dejado en la moqueta. Esperaba que se secara antes de que alguien se diera cuenta, pero también deseaba que se quedara marcada para siempre y así tener una eterna prueba visual de este increíble momento.

—Mierda, ni siquiera hemos cerrado la puerta con llave. —Brett tenía las mejillas sonrojadas, como si hubiera estado corriendo. Estaba guapo, y de no haber sido porque yo todavía estaba conmocionada, me habría puesto a bailar de felicidad por ser la responsable de ese rubor.

Sin embargo, mi alegría se disipó en cuanto me di cuenta de que su expresión no concordaba con el brillo de su rostro. ¿Se debía a que no habíamos cerrado la puerta? ¿O a que creía que había sido un error?

—Ha sido…

Se interrumpió y temí tanto que quisiera acabar la frase con la palabra «error» que me apresuré por terminarla yo:

—Desconcertante.

Dejó caer las manos.

—Iba a decir muy *sexy*, pero entiendo que «desconcertante» puede ser más adecuado.

«Mierda».

—Quiero decir, porque… —«Porque dijiste que solo querías que fuéramos amigos, pero ahora te ha encantado que te hiciera una mamada». Lo tenía en la punta de la lengua hasta que me di cuenta de que estaba mezclando el sexo con el amor. Como siempre.

—No, no, lo entiendo: mensajes contradictorios. Lo siento. Sigo sin… Toma. —Se sacó las bragas del bolsillo de la americana y me las devolvió.

Nunca me había llevado una decepción tan grande por no haberme quedado sin unas buenas braguitas.

Y me volvía a sentir rechazada. Y seguía muy desconcertada y confundida. ¿Por qué era así? ¿Por qué no era capaz de valorar lo que él me quisiera ofrecer? ¿Por qué necesitaba que fuera mucho más? ¿Por qué estaba tan desesperada por acabar con una amistad maravillosa?

—No, no, no. —Moví la mano como si pudiera eliminar los tres minutos que habían transcurrido desde el orgasmo que habíamos compartido—. Desconcertante por el juego de rol. Ha sido muy raro que interpretaras a Scott. —Mentira—. Y ver cómo tratarías a Tess. —Pero, en realidad, había estado pensando en mí.

«Por favor, que diga que ha estado pensando en mí».

—Ah. Claro. —Parecía tenso—. Claro —repitió y no supe si se sentía aliviado o desanimado, seguramente porque yo quería que se sintiera desanimado—. Eso es un poco distinto.

—Muy *sexy* —lo corregí mientras le guiñaba el ojo, como si pudiera creérmelo si me esforzaba lo suficiente.

—Sí, eso. —Esbozó una sonrisa—. Pero puede que también haya sido una mala idea teniendo en cuenta…

¿Que estábamos en el trabajo o que yo era tan frágil como una flor? No quería que confirmara que se trataba de lo segundo, así que no insistí:

—Ya, malísima.

—Me alegro de que estemos de acuerdo. —Me examinó durante unos segundos y luego agarró la libreta—. Bueno, ¿estamos bien?

—Por favor, claro. Claro que estamos bien. —Le di un suave puñetazo en el hombro en un intento por evocar colegueo, pero estaba bastante segura de que nunca le había dado un golpe así.

Bajé la mano enseguida.

—Bien. —Empezó a volverse.

De pronto me entraron ganas de evitar que se marchara, aunque no tenía ni la más remota idea de qué quería de él. Lo único que sabía era que necesitaba sentirme mejor y que él me hiciera sentir mejor, pero no sabía qué me podía decir o hacer para conseguirlo a no ser que supiera convertirme en una persona distinta.

Pero ahora estaba ahí, mirándome, y tenía que decirle algo.

—¿Sigue en pie lo de mañana?

—La verdad, puede que me salte la clase de yoga. Tengo muchas cosas pendientes para la fiesta de cumpleaños de mi madre.

Era una excusa. La fiesta se celebraba en el salón de su edificio, pero una organizadora de fiestas se encargaba de todo.

—Claro. —Había practicado tanto lo de forzar una sonrisa a pesar de tener el corazón roto con Scott que sabía cómo fingir una al instante.

Claro que «el corazón roto» provocado por Scott parecía más bien un rasguño comparado con cómo me sentía ahora.

—Te veo en la fiesta, entonces. —Con la cabeza bien alta, salí de la sala antes de que me dijera que ya no estaba invitada.

Capítulo 8

—¡Felicidades, Laura! —Abrí los brazos con timidez para abrazar a la madre de Brett, pero ella me abrazó con fuerza sin dudarlo.

—Ah, Eden. Cuánto tiempo. Me alegro de verte. —La mujer era una de las personas más afectuosas que conocía, algo muy poco habitual en el mundo de los Sebastian. Mi madre nos había abandonado a mi padre, a mi hermana y a mí cuando éramos pequeñas y casi no la recordaba, pero la madre que había construido en mi imaginación a lo largo de los años era como Laura Sebastian.

—Te he traído una cosa —le dije, pero me sentía algo estúpida porque ¿qué regalo que valiera la pena podía hacerle yo a una mujer que tenía más dinero en la cartera que el que había visto yo en toda la vida? Por eso se lo mencionaba, en realidad no era más que una disculpa—. Es una tontería.

Se le iluminaron los ojos.

—Ya sabes que me encantan las tonterías. ¿Dónde está?

—La he dejado en la mesa de los regalos.

—¿La abro ahora?

—No, no. De hecho, será mejor que la abras cuando estés sola. —El regalo me había costado treinta dólares y lo había encontrado en Etsy: era un cojín que parecía decorado con motivos florales, pero que, si se miraba de cerca, los capullos en realidad eran penes. Antes de empezar a trabajar en Sebastian Industrial, Laura me había invitado a su CLO, su club de lectura obsceno, y había descubierto una faceta suya completamente nueva; de hecho, desconocía si su hijo estaba al corriente. Por desgracia, las integrantes del club se reunían durante el día y cuando me contrataron a jornada completa, tuve que dejar de ir.

—Ah, creo que ya lo entiendo.

—Exacto. —Nos reímos y sentí una punzada de dolor: ojalá tuviera una excusa para verla más a menudo.

Aunque quizá sería mejor que no la viera demasiado: significaría tener otro vínculo con Brett cuando lo que necesitaba era poner más distancia entre nosotros. Tras la sesión fortuita de sexo que habíamos tenido en la oficina el día anterior, había sido muy dura conmigo misma y había decidido que debía priorizar nuestra amistad y renunciar a la posibilidad de que pudiéramos formar una buena pareja.

Pero como muchas cosas, era más fácil decirlo que hacerlo.

Y al estar aquí esta noche con él, su familia y sus amigos más cercanos, seguía dudando de mi decisión. Yo encajaba en su mundo, me sentía bien. ¿Eso no significaba que estábamos hechos el uno para el otro?

«Sí que estáis hechos el uno para el otro», me recordé, «pero solo como amigos».

Solo amigos.

Seguramente, la mejor forma de superarlo implicaría verlo menos. Pero eso no era una opción, ya que trabajábamos juntos, y como le había prometido que estábamos bien, no podía empezar a rehuirlo y evitarlo fuera de la oficina.

Con todo, me había planteado muy seriamente decirle que no iba a venir esta noche.

Pero ahora que estaba aquí, me alegraba de haber venido. Sin embargo, a pesar de mi sonrisa, me costaba mucho. La actitud cálida y acogedora de Laura no ayudaba y traté de terminar la conversación de una forma sutil.

—Bueno, no quiero robarte más tiempo ni privarte de estar con los que importan de verdad…

Me interrumpió.

—No digas tonterías. —Se inclinó hacia mí para bajar la voz y que la oyera—. Eres una de las pocas personas que me caen bien de verdad.

—¿Brett no ha invitado a las mujeres del CLO? ¿Le dijiste cómo contactar con ellas?

—Ah, sí, las ha invitado, pero les advertí que esto estaría lleno de Sebastian mojigatos y estirados y les sugerí que vinieran solo si querían echar a perder la noche. Decidieron que preferían invitarme a comer la semana que viene.

Uf. Otra punzada de dolor por la sensación de sentirme excluida, pero le dije:

—Buena idea. —Como si no me sintiera marginada.

De todas formas, pareció intuirlo.

—Ojalá pudieras venir. ¿No podrías decir en el trabajo que estás enferma?

Me lo planteé unas milésimas de segundo antes de recordar que estaba tratando de poner distancia con la familia de Brett, no al revés.

—Lo siento, pero no creo. Ahora tenemos mucho trabajo.

—Lo entiendo —repuso ella con un suspiro—. Bueno, ven a sentarte. Pongámonos al día.

La acompañé a regañadientes y me condujo hasta el sofá en el que ella había estado sentada antes de ver que me acercaba. Brett había alquilado el salón del edificio en el que vivía, un espacio lo bastante grande como para que cupieran los cien invitados y que todavía diera la sensación de intimidad cuando te sentabas en pequeños grupos informales por toda la sala.

El sofá del que Laura se había apoderado durante la velada estaba rodeado de dos sillas que estaban ocupadas por el padre de Brett, Luke, y un primo que no conocía demasiado bien. Los dos estaban enfrascados en una conversación, así que Laura y yo nos sumergimos en la nuestra.

—Bueno, ¿y Michele ha traído al pequeño últimamente? —Con suerte, si preguntaba por la hermana de Brett, evitaría tener que hablar de mí misma—. Ya debe de tener un año, ¿no?

Negó con la cabeza.

—No, no. Llevo toda la noche hablando sobre mí y mi familia. Prefiero saber qué es de ti. ¿Sales con alguien?

A pesar de que no había comido nada en toda la noche, me noté la barriga pesada.

—Ja, ja, ja —proferí.

—Entonces, ¿no sales con nadie? Por lo que dijo Brett, creía que sí.

De inmediato, me entró la curiosidad por saber qué le habría dicho su hijo sobre mi vida amorosa, pero también temía preguntar más acerca de un tema en el que estaba poniendo todo mi empeño para que no me importara.

—A decir verdad… —Inspiré hondo y me pregunté cómo podía ser sincera. Me iría tan bien contárselo a alguien… Compartir al menos un pedacito de esta agonía que me consumía (sí, sonaba un poco dramática, pero así era yo)—. Intento olvidarme de alguien.

—Ay, pobrecita. ¿No estabais hechos el uno para el otro?

Sin querer, clavé la mirada en Brett, que estaba en la otra punta del salón hablando con Scott, quien ponía mala cara, y con Zachary, su hermano, que asentía ante las palabras de Brett. ¿No estábamos hechos el uno para el otro?

—Él cree que no.

—Qué pena. Pero ¿quieres que te sea sincera? En general, los Sebastian no valen tanto la pena.

Me volví hacia ella de inmediato y me sonrojé al darme cuenta de que había seguido mi mirada. Entonces, añadió:

—Sobre todo Scott. Hazme caso, lo conozco desde que llevaba pañales.

—Tienes razón.

Al menos había asumido que me refería al Sebastian equivocado. Incluso era posible que algún pajarito de la familia le hubiera hablado de mis citas con Scott. No sabía qué le había contado Brett sobre mí, y Scott era muy discreto en lo que a sus escarceos se refería.

Sin embargo, una parte de mí deseaba que se hubiera dado cuenta de a quién me refería en realidad. Ojalá me hubiera corregido y me hubiera dicho que no me rindiera, que tarde o temprano su hijo se daría cuenta.

Con todo, tampoco dejó que me fuera de vacío. Me dio un abrazo y me dijo en voz baja:

—No desesperes. Encontrarás al hombre perfecto para ti. ¿Quién sabe? Tal vez lo tienes delante de las narices y todavía no lo sabes.

Brett escogió ese preciso instante para mirarme y nuestros ojos se encontraron. Y por mucho que me hubiera autoconvencido, el corazón me dio un vuelco. «O tal vez lo tengo delante de las narices y sí que lo sé», pensé.

Pero me limité a responder:

—Tal vez.

Por suerte, me libré de la penetrante mirada de Brett y de seguir hablando de mi vida personal con Laura cuando el hermano mayor de Brett, Tyler, llamó la atención de todo el mundo para hacer un brindis. No atendí al discurso, pero alcé la copa y cuando todos entrechocaron las suyas, me esforcé por no pensar que ese era el mismo ruido que hacía algo rompiéndose en mi interior.

Durante la siguiente media hora, me paseé entre los invitados con una actitud que reservaba para el ambiente laboral (presente de puertas afuera, desolada por dentro). Ya fuera porque quería evitar a Brett o porque él me esquivaba a mí, no nos dijimos absolutamente nada y solo cruzamos unas pocas miradas cuando vio que lo observaba.

Por Dios, si me parecía insoportable hasta a mí misma. No dejaba de mirarlo como un cachorrito perdido. Esperaba que no fuera demasiado evidente, pero mi esperanza se truncó cuando Scott se me acercó mientras cortaban el pastel.

—¿Qué pasa entre Brett y tú?

—¿A qué te refieres? —¿Brett le habría dicho algo sobre nosotros? Detesté lo mucho que esa posibilidad me llenó de esperanza.

—A que esa mirada perdida me la reservabas a mí.

—No tengo la mirada... —Me interrumpí antes de sonar demasiado a la defensiva—. Eres un engreído.

Me ofreció una sonrisa de suficiencia que hacía unas semanas me habría hecho entregarle las braguitas de inmediato.

—Ya has superado lo mío, ¿verdad, Waters? Deberíamos celebrarlo. ¿Brindamos?

Le di un golpecito en el hombro con el dorso de la mano, pero sonreí. Y la sonrisa desapareció de inmediato cuando Brett apareció a mi lado.

—¿Por qué brindamos?

Ojalá pudiera volverme invisible. O, siendo realista, ojalá fuera capaz de cambiar de tema muy rápido.

Afortunadamente, Scott fue ágil:

—Brindamos por lo cerca que estamos de cerrar el acuerdo de patrocinio.

—Ah, pues brindo por ello también. —Brett parecía tener reservas, y era lógico, porque Scott no era de los que sacaban temas de trabajo en las reuniones informales y yo no lo hacía nunca. Además, le estaba sonriendo a su primo cuando él se había acercado. Brett debía de pensar que Scott y yo estábamos coqueteando. Menos mal que quería dejarle claro a Brett que ya no me gustaba su primo, pero supuse que ya no importaba.

No obstante, ahora que Brett estaba a mi lado, me costaba recordar que había decidido dejar de obsesionarme con él. Su presencia me provocaba un cosquilleo en la piel, algo que siempre me ocurría cuando me excitaba, como si no pudiera sentirme bien hasta que no se me rascara en ese punto justo.

Pero era mucho más que excitación.

Brett me provocaba una sensación cálida y a la vez una tensión en el pecho. Los caballos me galopaban en el estómago, pero nunca había sentido los pies tan en la tierra como ahora. Quería alargar la mano y tocarlo porque me gustaba estar en contacto con él. Me gustaba ser su acompañante (una etiqueta que había ostentado a menudo a lo largo de estos años), no por lo que pudiéramos parecer, sino porque sabía que en cuanto terminara el acontecimiento al que hubiéramos asistido, seguiría acompañándome, seguiría siendo el que se reía de mis historias de la noche que habíamos pasado y el que me convencería de que no había desentonado en absoluto. Sería quien me haría sentir que no había ningún problema por ser quien era.

Estaba enamorada de él, ¿no? Enamorada de verdad.

¿Cuánto tiempo lo había ignorado?

Darme cuenta de ello me había aislado de la conversación, pero Scott dijo algo que me hizo volver al presente de inmediato.

—¿De qué hablas? —le pregunté.

—De este de aquí. —Señaló a Brett casi con aire acusador—. Antes me ha comentado que ha pasado el día con Tess. Le estaba pidiendo que me contara cómo había ido.

Ahora sí que había vuelto del todo, y bullía de celos.

—¿Brett ha pasado el día con Tess?

Sabía que a él le gustaba. No debería haberme sorprendido. Pues claro que había tratado de ganársela y por supuesto que ella había dejado que él lo intentara.

Brett se aclaró la garganta.

—Sí. Hemos... eh...

Lo interrumpí justo en ese momento. No me apetecía oír cómo hablaba de los dos como si fueran un lote, como nosotros. No podía quedarme a escucharlo. No lo soportaría.

—Ostras, ¿sabes? Me acabo de acordar... Tengo que... eh... irme.

Pestañeé para tragarme las lágrimas, me volví y me dirigí a la salida, pero no lo hice con la celeridad suficiente para no oír el comentario de Scott:

—Un poco raro, ¿no?

Pero entonces, Brett me llamó:

—¡Edie! ¡Espera!

No podía detenerme. No podía mirarlo. Seguí caminando y esquivé a cualquiera que hiciera amago de hablar conmigo mientras fingía no oír al hombre a quien quería con locura y me perseguía.

«Oye, debería estar contenta porque me persiga al fin, ¿no?».

Demasiado pronto como para apreciar la ironía.

Tras llegar al vestíbulo, apreté el botón del ascensor. Luego, lo pulsé unas cuantas veces más porque las puertas no se abrían de inmediato.

—¡Eden!

«Mierda».

Brett avanzaba por el vestíbulo directo hacia mí.

Por fin (aleluya), las puertas del ascensor se abrieron.

—¡Mañana! —le grité mientras entraba—. Te llamo.

Mentira. Mañana no pensaba salir de la cama.

Las puertas se cerraron justo antes de que pudiera alcanzarme.

Y entonces me acordé (joder) y apreté el botón que abría las puertas.

—El bolso —le dije, porque seguía al otro lado—. Me he dejado el bolso en tu apartamento.

—... el bolso en mi apartamento —terminó conmigo, al unísono.

Lo había dejado ahí antes de ir a la fiesta, no quería cargar con él toda la noche. En ese momento me había parecido que era previsora. Ahora, en cambio, me arrepentía. No llegaría a casa sin el bolso. Estaba demasiado lejos como para ir a pie y no llevaba efectivo ni tenía el móvil. Y esa era la razón por la que Brett me había perseguido hasta aquí.

Y yo que creía que no podía sentirme peor.

—Dame la llave —le propuse, pero él ya estaba entrando en el ascensor.

—Bajo contigo.

—No deberías irte de la fiesta.

—No me van a echar de menos. No pasa nada. —Apretó el botón que nos conduciría a su planta mientras yo me abrazaba y trataba de volverme invisible—. ¿Qué ha pasado?

Hice un gesto con la mano con la esperanza de que pillara la indirecta, porque si tenía que decirle que no quería hablar del tema, no estaba segura de poder pronunciar las palabras sin derrumbarme.

Pero o él quería insistir o no había entendido mi gesto, porque empezó a decir algo. Entonces, gracias al cielo, las puertas se abrieron y salí hacia su apartamento a toda velocidad. Tenía el bolso justo al otro lado. Solo tenía que entrar, cogerlo y salir. Fácil y rápido.

Me pareció que transcurría una eternidad hasta que Brett llegó ante la puerta, pero cuando lo hizo, no me presionó para hablar.

Hasta que estuvimos dentro. Fui a coger el bolso, pero se me adelantó y lo sostuvo en lo alto, lejos de mi alcance.

—Por favor, Edie, dime qué ha pasado.

La dulzura de su voz… Este hombre me iba a romper en pedacitos.

Negué con la cabeza. Una lágrima descarriada me rodó por la mejilla.

—¿Qué ha hecho Scott? —me preguntó con más contundencia.

La sorpresa me ayudó a recuperar la voz.

—¿Scott? ¿Crees que me he puesto así por Scott?

Contemplé cómo el pecho le subía y le bajaba.

—¿No es así?

—No, idiota. No me he puesto así por Scott. Me he puesto así por ti. ¡Por ti! Porque veo cómo te comportas, hablas, trabajas y quedas con otras como si no hubiera cambiado nada. Como si fuéramos las mismas dos personas que éramos hace dos semanas. Tú quizá lo seas, pero te aseguro que yo no.

—Edie…

No tenía ganas de volver a protagonizar otro de sus intentos de darme calabazas con delicadeza.

—¿Sabes lo que es eso? ¿Te lo imaginas, aunque solo sea por un segundo? ¿Sabes lo que es tener que estar cerca de ti y fingir que todo sigue igual, que no estás enamorada de tu mejor amigo?

Su respuesta a mi declaración improvisada fue brusca:

—¿Que si lo sé? Es broma, ¿no?

—¡No, no lo es!

—Llevas así… ¿cuánto has dicho? ¿Dos semanitas de nada? Pues a ver qué te parecen diez años, Eden. Qué opinas de tener que esconder siempre lo que sientes durante diez malditos años. ¿Te imaginas lo que fue para mí ver cómo ibas de capullo en capullo, consolarte cuando te partían el corazón y tocarte como si no importara en absoluto? ¿Te lo imaginas?

Desde que nos conocíamos, nunca me había hablado con tanta dureza. Y nunca había dicho algo que fuera tan maravilloso. Y horrible. Porque, aunque no lo había sabido a ciencia cierta, había sospechado que le gustaba y había fingido que no me daba cuenta de nada. Ni siquiera había permitido que lo habláramos. Me había comportado como una cabrona.

—Un momento. —Lo miré mientras pestañeaba—. ¿Y por eso me dijiste que no? ¿Para vengarte?

—¿Para vengarme? —Parecía perplejo. Y, luego, ofendido—. No, no.

—Entonces…

Dejó caer mi bolso en el suelo y acto seguido me empotró contra la puerta, con su boca a escasos milímetros de la mía.

—Mejor… cállate.

Y me besó. Me besó como si no pudiera respirar si no era mi boca la que le proporcionaba el oxígeno, como si nunca fuera a parar. Me besó como lo haría un hombre que había estado enamorado de mí en secreto durante una década.

Y esta vez, cuando me llevó al dormitorio, supe con certeza que nada volvería a ser igual.

Capítulo 9

Brett me besaba mientras me llevaba hacia la habitación y yo le rodeaba la cintura con las piernas. En vez de ir directo hacia la cama, me dejó en suelo después de cruzar el umbral y me examinó como si no supiera qué hacer conmigo.

O tal vez no sabía qué hacer conmigo primero.

A juzgar por la experiencia de la última vez, a Brett no le faltaba inventiva para follar. Y a mí no me importaba lo que me hiciera, siempre y cuando me lo hiciera.

Justo cuando empecé a temer que hubiera cambiado de opinión, que esto no le pareciera una buena idea (otra vez), me apartó el pelo de los hombros con ambas manos y lo agarró con fuerza entre los puños. De un tirón, me echó la cabeza hacia atrás y me dejó el cuello expuesto.

Esperé notar sus labios sobre la piel (o sus dientes, para que me marcaran como la última vez), pero no fue así. Con brusquedad, usó ambas manos para conducirme hasta la pared. Allí, me soltó el pelo y me rodeó el cuello con las manos.

Con suavidad al principio, y luego con menos, apretó.

Mi respiración se volvió superficial, tanto por la excitación como porque tenía las vías respiratorias obstruidas y, por primera vez, me planteé la posibilidad de que Brett quisiera hacerme algo que no fueran travesuras en la cama. Fue un pensamiento que nunca habría creído posible antes, cuando sospechaba que yo le gustaba, cuando era el chico bueno de mi vida.

Cuando no pensaba en él en otros términos que no fueran de amistad.

Y ahora, sus ojos me decían que los sentimientos que me había ocultado eran mucho más complicados.

Quizá quería hacerme daño.

Y, la verdad, tampoco lo culpaba.

Coloqué las palmas contra la pared que tenía detrás en señal de rendición.

—Hazlo —le dije, con la voz tirante por el esfuerzo—. Lo que quieras hacerme, me lo merezco.

Apretó la mandíbula, los ojos le llamearon y me apretó el cuello con los dedos con un ápice más de fuerza.

—Joder, Edie, te estrangularía solo por eso.

—¿Por qué?

Negó con la cabeza por toda respuesta y entonces relajó las manos y bajó una con la que me acarició el cuerpo: el pecho y luego el vientre desnudo hasta llegar a la entrepierna. Era un movimiento delicado a propósito, más controlado que vacilante. Casi ni lo notaba sobre las capas de ropa (el top, la falda, las braguitas) y estaba convencida de que su intención no era otra que hacerme desesperar. Me esforcé mucho para no llevar la cadera hacia delante en un intento por recibir la presión que necesitaba.

Mi esfuerzo se vio recompensado cuando metió la mano por la raja de la falda y me acarició el sexo, por encima de las braguitas, mientras sus ojos no se desviaban ni un solo instante de los míos.

Cuando se me escapó un gemido entrecortado, se acercó más a mí y apretó los dedos que todavía me rodeaban el cuello. Su expresión parecía un desafío silencioso, pero no estaba del todo segura de a qué me retaba. ¿A estar callada? ¿A no excitarme? ¿A no tener miedo?

Fuera cual fuera el reto, no podría cumplirlo. Había perdido el control de mí misma. Los sonidos que profería eran involuntarios, sobre todo cuando sus dedos se colaron tras la fina tela que me cubría la vagina y se toparon con mi piel desnuda. Estaba a punto de correrme y mi grado de excitación se hizo evidente cuando arremetió con la mano contra mi clítoris y le quedó empapada.

Y sí, me entró miedo.

No por lo que pudiera hacerme a nivel físico, porque incluso aunque quisiera hacerme daño, le habría confiado mi vida a Brett. No me haría más daño del placer que pudiera provocarme, por mucho que una parte de él me detestara.

Lo que me asustaba era lo que le permitiría que me hiciera, si él quería; lo que le daría, si me lo pedía; lo que podía romperse en mi interior si volvía a desentenderse de nosotros.

Si quería proteger mi corazón, este era el momento para ponerle freno. Quizá este era el desafío: huye ahora o entrégate.

«Ya es demasiado tarde, Brett».

—Ya soy toda tuya.

Vi cómo su expresión estoica desaparecía durante un efímero segundo antes de que su mano saliera disparada de mi entrepierna y diera un golpetazo con la palma en la pared, frustrado.

Incluso sin la magia de sus dedos, el orgasmo me atravesó, alimentado tanto por su arrebato como por lo que me había hecho hasta ese momento. Mis rodillas cedieron, arqueé la espalda mientras gritaba y, de no haber sido por la mano que me rodeaba el cuello, no me habría mantenido en pie.

—Joder, Eden. —Brett apoyó la frente sobre la mía—. No puedo resistirme cuando te pones así.

—Pues no lo hagas. —Todavía me estremecía y la mano que había clavado en la pared se había colado debajo del top y me manoseaba el pecho.

—Y mira que presentarte en la fiesta de cumpleaños de mi madre sin sujetador… —Usó un tono enfadado y me sorprendió notar una palpitación en la vagina al oírlo. El tono se trasladó a sus acciones cuando me apretó el pezón erecto hasta el borde del dolor—. No importaba dónde fuera esta noche, tenías a estos dos llamando la atención de todo el mundo, provocándome.

—No era mi intención. —No lo había hecho a propósito. El top que había elegido era discreto, aunque era algo corto y dejaba gran parte de la espalda al descubierto. No me había puesto sujetador porque era imposible llevarlo con uno. Y lo más importante: no me había dado cuenta de que se había fijado en otra cosa que no fuera mi cara. Lo había descubierto mirándome unas cuantas veces a lo largo de la velada, pero en ningún momento había parecido estar repasándome.

¿Así se había pasado los últimos diez años? ¿Fijándose en mí en silencio y con sumo disimulo?

Me habría hecho un ovillo de lo mucho que lo lamentaba de no ser porque estaba ocupada con la tortura más placentera a la que me habían sometido.

—No importa si era tu intención. Existes. Y con eso es suficiente. —Me retorció el pezón con severidad antes de soltarme de repente y alejarse unos pasos.

Avancé de forma automática, desesperada por no estar lejos de él, hasta que me ordenó:

—Quítatelo.

Entonces, entendí que estaba dándome espacio para que me desnudara.

Me llevé la mano a la espalda despacio para bajarme la cremallera, distraída porque él se estaba desabrochando la camisa. Se había vestido con sencillez; había optado por una camisa blanca que llevaba con el cuello abierto y las mangas arremangadas, y unos pantalones de pata de gallo grises. Me había concentrado tanto en olvidarme de él que, hasta ahora, no me había dado ni un momento para fijarme en lo guapísimo que estaba (y la verdad, estaba incluso más guapo mientras se quitaba la ropa) y no quería perderme ni un solo segundo de ese espectáculo mientras me quitaba el top.

Mi velocidad no pareció gustarle:

—Deja de provocarme, Eden.

Su frustración era evidente, y se me hizo imposible resistirme a jugar un poco más:

—O si no ¿qué? ¿Me darás unos azotes?

En un abrir y cerrar de ojos, se quitó el cinturón, fue directo hacia mí y lo tensó sobre mi cuello.

—Quítatelo todo. No hagas un *striptease.* Déjate los zapatos. Más te vale acabar de desnudarte antes que yo.

La advertencia era clara y, por muy tentada que estuviera de saber qué supondría no hacerlo, se me ocurrió que tal vez no era el mejor momento para provocarlo.

Además, acompañó la amenaza con un beso arrebatador y, aunque no me había apartado el cinturón del cuello, su boca me recordó que me deseaba. Que me ansiaba. Que necesitaba meterse en mi interior.

En cuanto se separó, me quité el top, las braguitas y la falda. Cuando me quedé desnuda, él también lo estaba salvo por la camisa, que le colgaba abierta como un telón sobre el mejor espectáculo de la ciudad: su preciosa polla, erguida y dura mientras se tocaba.

Se me hizo la boca agua solo con ver cómo su mano subía y bajaba. Era incapaz de apartar los ojos. Se masturbaba de una forma que ya de por sí era erótica. Semidesnudo y tocándose así podría haberme devorado entera y, ante tal expectativa, no pude hacer otra cosa que estremecerme.

Por mucho que quería quedarme mirándolo, mis vistas cambiaron de golpe cuando me dio la vuelta para quedar frente a la pared. Entonces entendí por qué quería que me dejara puestos los zapatos. Era demasiado alto para follar de pie, pero con los tacones quedábamos a la altura perfecta y facilitaba que me penetrara.

Y eso fue lo que hizo.

Grité al notar esa invasión repentina.

Y volví a gritar cuando de inmediato me embistió a una velocidad bestial. Apoyé las manos en la pared para mantener el equilibrio, pero al instante me ordenó que las bajara. En cuanto obedecí, me agarró del pelo y tiró hasta que mi espalda acabó pegada a su pecho. Entonces me rodeó el cuello con una mano y continuó arremetiéndome desde atrás.

Como necesitaba algún lugar en el que poner las manos, las eché hacia atrás y le agarré el culo, lo que hizo que mis pechos sobresalieran todavía más. Se sacudían con fuerza y el ruido que hacían se acompasaba con los golpes de su pelvis contra mi culo y ahora, en esta nueva posición, me pareció que los estaba exhibiendo, a pesar de que Brett estaba detrás de mí.

Como si quisiera confirmar mi sensación, me rodeó con la mano que le quedaba libre y me pegó un fuerte azote en una teta. Me dio otro y, cuando chillé, me cubrió la boca con la mano con que me abrazaba el cuello.

—Pídeme que pare —me dijo con voz ronca al oído antes de morderme el lóbulo.

Si lo que quería era que pronunciara la palabra de seguridad, lo llevaba claro.

—No.

Se lo tomó como un permiso para pegarme otro azote.

—Me gustan tus tetas con la marca de mi mano.

Bajé la mirada y vi que una tenía sus dedos marcados y, al instante, me corrí con tanta intensidad que tuvo que bajar el ritmo y empujar fuerte para penetrarme hasta el fondo.

—Eres preciosa —musitó, y de no ser porque lo había oído, me habría parecido que estaba maldiciendo—. No sabes si prefieres que esté dentro o fuera, ¿verdad?

—Dentro —le aseguré—. Quiero tenerte dentro.

Con un gruñido, salió de mi interior y me soltó, como si al habérselo pedido, hubiera eliminado esa opción.

Mientras me estremecía a causa del orgasmo, me dejé caer sobre la pared.

—Por favor, Brett. —Lo miré por encima del hombro y descubrí que estaba ante la mesita de noche, agarrando un condón.

«Ay, sí. Buena idea».

Señaló la cama con la cabeza.

—Puedes suplicar desde ahí.

Sin vacilar, me subí a la cama y me apoyé sobre la espalda: quería mirarlo, quería besarlo.

Al cabo de unos segundos, se encaramó sobre mí, sin camisa, así que ahora estaba completamente desnudo con la única excepción del condón.

—Por favor —le rogué mientras él me acariciaba la entrada con la punta.

Pero ahora le tocaba provocarme a él. Acercó la mano a mi boca y me metió un dedo entre los labios. Sabía a mí y eso hizo que ansiara todavía más que me penetrara.

—Por favor —repetí, antes de mordisquearle el dedo.

Me miró como si buscara algo en mi rostro y me asaltó la sensación de que lo estaba mirando a través de una pared de cristal. Lo veía con claridad y él a mí, pero había algo que nos separaba, una barrera tangible que estaba desesperada por atravesar.

Le rodeé la mandíbula con las manos y le acaricié la barba.

—Por favor, Brett. Necesito estar dentro de ti.

Debió de pensar que quería decirle lo contrario, que necesitaba tenerlo dentro, porque se apoyó sobre las rodillas y me levantó las piernas para apoyarme los pies sobre sus hombros. Entonces, me penetró. Lo hizo con la misma energía con la que lo había hecho antes (más rápido, incluso, ahora que no estaba de pie). Doblada como estaba, su pene me llenaba profundamente con cada embestida y, a pesar de que ahora había látex de por medio, notaba a la perfección toda su longitud y el grosor que me llenaban y que me destrozaban por dentro.

Aun así, tenía la sensación de que Brett estaba muy lejos de mi alcance. Mis piernas nos separaban. Su boca, allí lejos. Y el muro de cristal.

Una lágrima resbaló por mi mejilla, y aunque estaba segura de que era fruto del inmenso placer que me embargaba, tampoco descartaba que pudiera ser consecuencia de la frustración. Estaba sumida en una agonía agridulce: todo lo que quería, tan cerca…

Si solo pudiera…

Brett cerró los ojos. Vi claramente cómo me excluía al hacerlo. «No» quise decirle, «mírame». «Estate aquí conmigo».

Pero estaba muy sensible y al borde de otro orgasmo y las palabras no querían hilarse en mi boca. Desesperada, me incorporé mientras apartaba los pies de sus hombros. Abrió los ojos de golpe y me observó, curioso, mientras yo cambiaba nuestra posición al colocarme en su regazo y rodearlo con las piernas.

Noté cómo la polla se sacudía en mi interior, pero aparte de eso, se quedó inmóvil. Hundí las caderas antes de alzarlas y repetir el movimiento.

—Por favor —le dije, dándole un beso vacilante. Una petición. «Por favor, por favor, por favor».

Me rodeó el cuello con la palma, como si necesitara este gesto para sentir que aún tenía el control, y entonces acercó la boca a la mía y me besó con los ojos abiertos. Su lengua acarició la mía despacio, tanteando.

Luego, tras un suspiro, se permitió devorarme. Su boca me hablaba en un idioma que no necesitaba palabras. Mientras me besaba, sus caderas se bamboleaban para acompañar mis arremetidas y me presionó para acelerar hasta que me relevó: me agarró por la cadera mientras me penetraba desde abajo hasta que grité su nombre.

No se contuvo ni siquiera entonces y me siguió embistiendo hasta que estalló con un gruñido entrecortado.

Exhaustos, nos dejamos caer sobre la cama.

Cerré los ojos, pensando que tan solo sería un minuto. En algún momento, me desperté al notar que las sábanas desaparecían de debajo de mi cuerpo y me cubrían. Y luego fui consciente de que Brett se metía debajo de las sábanas a mi lado.

Rodé hacia él como si fuera una brújula y él el norte geográfico. Me rodeó con los brazos como si fuera suya. En silencio, formulé una especie de plegaria: «Deséame, quédate siempre conmigo y quiéreme».

Quizá pronuncié la última parte en voz alta o quizá solo soñé que oía que me decía:

—Ya lo hago.

Y me sumí en un sueño profundo.

Capítulo 10

Me desperté con el aroma a café. No era tan apetitoso como lo había sido el del beicon la última vez que me había despertado en la cama de Brett, pero ya tenía la sonrisa cincelada en la cara cuando abrí los ojos.

La sonrisa se me ensanchó cuando vi que el café me esperaba en una taza sobre la mesita de noche. Y además era mi taza preferida. Rezaba: «Reina del puto mundo», y la frase iba acompañada de coronas doradas. Le había tocado a Brett en un intercambio de regalos en la oficina y, cuando había tratado de endosármela, le había sugerido que se la llevara a casa para cuando yo me quedara a dormir.

También le había hecho la broma de que tal vez ahuyentaría a cualquier rollo que tuviera y pensarían que ya estaba comprometido y él había coincidido.

Entonces no me había planteado por qué querría que las mujeres pensaran que no estaba disponible. ¿Había estado esperándome todo este tiempo?

Si era así, ¿por qué me había dado calabazas tras la primera noche que nos habíamos acostado?

Claro que ahora eso tampoco importaba.

Me estiré y la felicidad que había inducido mi sonrisa se propagó hacia mis extremidades como si fuera sol líquido que me recorría las venas. No me importaba lo dolorido que notaba el cuerpo. Hasta el último quejido de mis huesos había valido la pena.

—¿Fui demasiado duro contigo?

Miré en la dirección de donde procedía la voz y descubrí a Brett sentado en el banco junto a la ventana, con una pierna estirada delante mientras me observaba. Por desgracia, iba vestido con unos pantalones cortos de chándal y un jersey y, aunque ahora lo había visto desnudo en todo su esplendor, no pude evitar deleitarme con esos muslos bien definidos.

—¿Debería preocuparme que necesites pensarte la respuesta?

Parpadeé y me di cuenta de que no le había respondido.

—No fuiste demasiado duro. Lo siento, me había distraído admirando las vistas.

Se volvió para echar un vistazo por la ventana que quedaba a su espalda, como si esas fueran las vistas a las que me refería.

—Hace un buen día. Sin demasiado calor. Podré correr por la calle en vez de en la cinta.

Después de la sesión de gimnasia de la noche anterior, no creía que necesitara hacer más ejercicio. Me planteé ofrecerle una sesión de *cardio* alternativa, pero detecté cierta reserva en el ambiente. Había vuelto a erigir ese muro de cristal y por mucho que quisiera derribarlo, no estaba segura de que ahora fuera la mejor opción.

Sin embargo, quizá podía encontrar una rendija si seguía buscando.

—Podría vestirme e ir contigo. Creo que no tengo pantalones cortos aquí, pero algo encontraré. Incluso dejaré que te rías de lo poco en forma que estoy.

—Eh... Preferiría ir solo, para pensar.

La verdad, de todas formas, seguro que tampoco sería capaz de mantener su ritmo.

Eso era lo que debería haberle dicho, o no debería haberle dado más importancia y fingir que no tenía ningún problema con que no quisiera estar conmigo. Pero yo no era así, por mucho que hubiera deseado ser distinta.

—¿Por lo de anoche? —pregunté, como si le pidiera que me asestara un puñetazo en el corazón.

Se pasó las manos por los muslos desnudos, un gesto que me recordó escenas de la última madrugada, cuando me había despertado con la polla ya protegida y me había penetrado desde atrás. Su mano me había recorrido entera y me había acariciado la pierna, había subido hasta el clítoris para tocármelo antes de volver a descender por el muslo.

Sus caricias me habían excitado tanto, ya fueran en el clítoris o en la rodilla, que ver cómo sus manos hacían el mismo movimiento en sus propias piernas me provocó un cosquilleo en el bajo vientre.

Me obligué a dejar de pensar en eso cuando Brett respondió:

—Algunas de las cosas que sucedieron anoche dan que pensar.

En esa cuestión estaba totalmente de acuerdo. Y todas las partes de mi mente que pedían otra ronda me obligaban a cerrar con fuerza las piernas. Si sentía lo mismo que yo, ¿por qué demonios quería estar solo?

—¿Te arrepientes? Te juro que no fuiste demasiado duro. Me encantó, todo.

—No me arrepiento del sexo. —Por fin le aleteó una sonrisa en los labios, pero se esfumó enseguida.

—Si no es del sexo…

Su mirada era grave y seria.

—Nos dijimos muchas cosas…

—Cosas que decíamos en serio —lo interrumpí, porque ni de broma iba a dejar que se retractara de lo que me había dicho—. No me digas ahora que no era en serio.

—No iba a decir eso.

—¿Seguro?

—No. No exactamente.

—Entonces… —No era lo bastante valiente como para repetir la palabra que me había dicho la noche anterior—. ¿Sientes algo por mí?

Ladeó la cabeza con mala cara.

—Creo que ya no hace falta fingir más, ¿no?

Sí, pero el pánico se arremolinaba en mi interior y estaba desesperada por recibir algún tipo de confirmación de que esta mañana no se iba a repetir lo de la última vez. Si admitía que me quería, no ocurriría. No habría ninguna razón.

A no ser…

Lo examiné y entonces comprendí lo que había querido decir. O más bien insinuar, porque incluso a pesar de la intimidad que habíamos compartido y lo sinceros que habíamos sido, era demasiado bueno como para decirme algo que pudiera herirme.

Tiré de la sábana para taparme el pecho, quería sentirme menos vulnerable.

—No me crees. Crees que fui yo la que no lo dijo en serio.

Transcurrieron unos segundos en los que no abrió la boca, y así me comunicó todo lo que necesitaba saber.

De acuerdo, vale. Podía afrontar esto. Había pensado que podía tratarse de esto. Me apoyé en las rodillas con la sábana todavía sobre el cuerpo.

—Te lo dije en serio, de verdad. No sabría explicarte lo muy en serio que lo dije.

Alzó las cejas, incrédulo.

—¿Por qué te cuesta tanto creerlo? ¿Por Scott? Ya te lo dije, se acabó, fue un capricho sin más. —Gruñí, frustrada, porque me estaba oyendo. Su primo me había atraído desde que había entrado a trabajar en Sebastian Industrial, hacía casi un año—. Ya sé lo que parece. Pero de verdad que esto es diferente. Para mí eres diferente. Compartimos muchas cosas.

—Y eso hace que esto sea lo fácil —replicó.

—¿Fácil? —En parte. Ahora mismo era de todo menos fácil, pero no era mentira que lo mejor siempre había sido muy fácil—. ¿Y qué problema hay con que sea fácil?

—No hay ningún problema con que sea fácil, pero…

—Pero ¿qué?

Dobló la pierna que tenía estirada y el cuerpo se le tensó de golpe.

—¿Por qué ahora, Edie? ¿Por qué ha sido ahora de repente?

—¿Qué quieres decir?

—Hace diez años que nos conocemos. Nunca has dado a entender que sintieras algo por mí hasta ahora. ¿Qué ha pasado?

Estaba bastante segura de que entendía lo que Brett insinuaba:

—No es porque Scott me haya rechazado. Siempre me rechaza.

—Entonces, ¿qué ha pasado esta vez?

—No ha pasado nada. Solo que... No lo sé. —¿Tenía que haber una razón?

—¿Ha sido solo por una buena noche de sexo?

—Fue una muy buena noche de sexo. —No le hizo ni pizca de gracia, y me di cuenta, demasiado tarde, de que ahora no era un buen momento para hacer bromas—. ¡No lo sé! Solo que ahora me he dado cuenta, supongo.

—¿Porque te dije que había conocido a alguien?

—¿Me estás diciendo todo esto por Tess? ¿Por eso ahora tienes dudas? —El estómago se me encogió al plantearme la posibilidad de que ella le gustara de verdad, que le gustara lo suficiente como para poner fin a cualquier posible futuro conmigo.

Sin embargo, Brett echó la cabeza hacia atrás, frustrado, lo que me dio a entender que era un no y tuve la clara sensación de que quería estrangularme y no precisamente como me lo había hecho anoche.

Además, detecté cierta rabia en su voz.

—¿Estás enfadado conmigo por no haberme dado cuenta antes? —Me lancé hacia delante sin pensar, quería sentirme más cerca de él de forma figurada, pero mi cuerpo había querido conseguirlo en un sentido literal—. Ojalá lo hubiera hecho, Brett, pero no fue así. No te enfades conmigo.

—No estoy... —Se interrumpió y suspiró—. No estoy enfadado contigo, ¿vale?

—Vale. —Pero seguía en el otro extremo de la habitación y me daba la impresión de que ahora no solo nos separaba un muro de cristal, sino un abismo interminable sin un puente para cruzarlo.

Y no lo entendía. Porque básicamente me había dicho que me quería y yo también.

—Y ¿cuál es el pero?

—Pero necesito pensar. Necesito despejarme y pensar.

—¿Pensar en qué? —Fui muy brusca sin quererlo, pero en realidad estaba consternada. ¿Qué había que pensar?

—En nosotros. En si lo nuestro tiene sentido.

«Si lo nuestro tiene sentido».

Esta frase era tan prometedora como desgarradora. No había descartado por completo la posibilidad de compartir un futuro y me pareció transcendental.

Pero la posibilidad de que no lo hiciéramos me dolía en el alma. ¿Por qué existía siquiera la opción de no estar juntos? Hacía diez años que éramos mejores amigos. Era evidente que teníamos una química extraordinaria. Sentíamos algo el uno por el otro. ¿Qué narices no iba a tener sentido?

Pero sabía qué podía no tener sentido: yo. Ir detrás del ligón de la familia Sebastian era una cosa. Pedirle a un hombre decente e increíble (la persona más decente e increíble que conocía) que quisiera estar conmigo como pareja era otra cosa muy distinta.

Claro que tampoco estábamos diciendo que nos fuéramos a casar.

Sin embargo, ¿no era eso lo que implicaba tener una pareja? Brett no tenía pareja. No había tenido demasiadas novias serias desde que lo conocía, y las chicas con las que había estado eran perfectas para él. Era evidente que se tomaba muy en serio con quién compartir su vida, igual que la decisión de tener a alguien con quien hacerlo.

Y si tenía que pensar en lo nuestro, me parecía razonable que necesitara sopesar si yo cuadraba en ese contexto, si era o no lo bastante buena para merecerme esa etiqueta.

Puede que estuviera dándole demasiadas vueltas. Me pasaba a menudo.

No obstante, estaba tan desesperada que podía permitirme hacer alguna concesión: «No tenemos que ser nada oficial. No tenemos que contárselo a nadie. Podemos tomárnoslo con calma, día a día».

Esa había sido la receta de la mayoría de las relaciones que había tenido. Me parecía que era lo único que merecía.

Se lo había dicho a Brett miles de veces mientras lloraba apoyada en su hombro: «Es lo que merezco». Él siempre me lo había rebatido. Me había animado y me había ayudado a seguir adelante. Había asegurado que valía mucho más que lo que esos imbéciles me habían hecho pensar. A veces, incluso había conseguido que le creyera.

Por supuesto, él valía mucho más que todos esos imbéciles juntos, incluido Scott.

Y no iba a hacer que me lo explicara. Brett detestaría tener que decir en voz alta que yo no lo merecía. Pensarlo ya era más que suficiente.

—De acuerdo —respondí, tras tragar saliva para que las palabras superaran el nudo que tenía en la garganta—. ¿Cuánto tiempo necesitas?

—Una semana, tal vez. No lo sé.

—De acuerdo. Claro. —Me obligué a sonreír.

—Gracias. —Su expresión estaba cargada de pesar y detesté hacerle sentir como si me debiera algo casi tanto como odiaba que no pudiera entregarse a mí sin más—. Voy a correr un rato. Cuando vuelva, tengo trabajo que hacer.

Se levantó. El mensaje subliminal de la mirada que me echó era evidente y si yo hubiese sido mejor persona, le habría dicho que cuando volviera ya me habría ido.

Pero no era tan buena persona. Era una mujer que quería que se la tuviera en cuenta. Así que lo forcé a decírmelo:

—Me iría bien que el apartamento estuviera en silencio para trabajar.

No había nada más que pudiera responderle, salvo:

—Hasta mañana.

Capítulo 11

—Vaya, qué reunión tan emocionante —comentó Silvia mientras salíamos de la sala de reuniones el jueves siguiente.

—¿Emocionante? —Tal vez me había perdido algo, lo que era muy posible. Llevaba deprimida desde el domingo, cuando Brett había anunciado que necesitaba «tiempo para pensar». Había estado presente físicamente durante toda la presentación de Tess, pero si había ocurrido algo emocionante, no me había sacado de mis cavilaciones—. Ah, Henry. —Caí en la cuenta antes de que Silvia me respondiera.

El padre de Scott se había puesto chulo y se había pasado el tiempo intimidando a Tess, pero eso no era ninguna novedad. Tenía una pataleta al menos una vez al mes. Hice un gesto con la mano para restarle importancia.

—Pero Scott no suele llevarle la contraria. —Silvia se detuvo; al parecer, no tenía ninguna prisa por dejar de chismorrear.

Yo también me paré, no porque me importara, sino porque sería de mala educación no fingir al menos que sí que me interesaba.

—Tampoco le ha llevado la contraria a la cara.

—Le ha llevado la contraria con todo el mundo delante.

Me encogí de hombros.

De acuerdo, puede que discutir sobre lo que había pasado en la reunión y si era relevante o no fuera de tan mala educación como no haberme parado a hablar de eso. La verdad es que estos días no estaba muy centrada.

No lo había estado en toda la semana, pero los momentos en los que tenía que compartir un mismo espacio con Brett eran los peores. Me había pasado toda la hora intentando concentrarme en mis tareas, o, mejor dicho, tratando de no pensar única y exclusivamente en él, y había hecho un esfuerzo tan grande que ahora me sentía agotada.

Pero Silvia no se desanimaba fácilmente.

Se acercó y bajó la voz:

—Ha llevado la contraria a su padre por una mujer.

—¿Crees que ha sido por Tess?

Silvia se apartó como si estuviera conmocionada.

—¿Acaso no es superevidente?

Yo ya tenía mis sospechas de que había algo entre ella y Scott. Quizá, si algún día recuperaba el humor, disfrutaría de que me las acabaran de confirmar.

Ahora mismo, sin embargo, no tenía fuerzas para entusiasmarme, así que fingí sorpresa y le ofrecí mi mejor expresión de «cuéntame más».

—Scott es un ligón, ¿sabes? —Entonces pareció recordar los rumores que circulaban por la oficina y se ruborizó un poco—. Sí, ya lo sabes. —Pero no tenía la vergüenza necesaria como para dejar el tema—: Así que es fascinante ver que ha iniciado una relación. Pero más increíble todavía es que sea un triángulo.

—¿Un triángulo? —Se me erizó la piel.

Volvió a acercarse, dispuesta a contarme más:

—¿No has visto que Brett y ella se han estado mandando mensajes durante toda la reunión?

No.

No lo había visto.

Porque me había esforzado por no mirar.

—¿Cómo sabes que eran…?

Me interrumpió; estaba demasiado emocionada por seguir explicándome los detalles y no podía contenerse.

—Los dos tenían el móvil en la mano y se les veía en la cara. Mucho lenguaje no verbal entre mensaje y mensaje.

Yo sabía que a Brett le gustaba Tess. Pero ¿le gustaba tanto como para mandarle mensajes durante una reunión tan importante?

Y aunque era muy extraño que Scott comenzara algún tipo de relación seria (y sí, me escocía un poco, aunque lo tenía superadísimo), más raro era que Brett no se hubiera comportado de una forma absolutamente profesional, sobre todo en una reunión a la que había asistido Henry Sebastian, el propietario de la empresa y el primo de Brett. ¿O era primo segundo? Confundía los lazos familiares tras un par de generaciones. La cuestión era que no me lo creía. Y no solo porque no quisiera.

—¿Estás segura de que no le estaba dando consejos durante la presentación? Al fin y al cabo, Henry es su primo.

—Su tío segundo. —Ah, eso era. Solo Silvia sentía la necesidad de corregirme—. Y no, ya te digo yo que no. Las miradas que han intercambiado no eran de negocios.

Seguía sin creérmelo.

Pero en el fondo, sí que me lo creía.

Me había dado cuenta de que Brett no era exactamente el hombre que creía. Nunca habría pensado que dejaría que una mujer se la chupara en el trabajo, en una sala sin privacidad y, aun así, lo había hecho. Nunca habría pensado que sería de los que declaraban su amor, pero que luego salían huyendo, y, aun así, esto también lo había hecho.

De pronto, me dolía el pecho.

Sin disculparme, me volví y fui a la sala de reuniones. Brett no se había ido y si esta había sido la razón (si ella había sido la razón) por la que él necesitaba tiempo, teníamos que hablar. ¿Por qué no lo había reconocido cuando se lo había preguntado? ¿Era otro Sebastian más que me manipulaba y me daba falsas esperanzas?

Agarré la puerta justo cuando otra persona la abrió para salir y me detuve en el umbral al ver que Brett ya estaba hablando con alguien: Tess. Solo estaban ellos dos.

Abrí la boca por la sorpresa y me obligué a quedarme muy quieta para oír la conversación que se desarrollaba a varios metros de distancia.

—Tess... —le dijo él, con una gravedad en el tono que no habría usado si se tratara de una conversación de negocios.

Ella se volvió hacia él.

—¿Qué? Es un ligón. Vale. La próxima vez tendré en cuenta que no puedo volver a saludarlo con una sonrisa.

—Te lo digo en serio. Tiene fama de dar falsas ilusiones, incluso a sabiendas de que ellas malinterpretan sus intenciones.

Scott. Estaban hablando de Scott.

Brett la estaba advirtiendo y habían pasado el sábado juntos, un hecho que él y yo no habíamos llegado a comentar. Una cosa era encapricharse de ella, pero cualquiera con dos dedos de frente sumaría dos más dos y llegaría a la misma conclusión: Brett no solo estaba encaprichado, quería conquistarla.

Como Silvia habría dicho: «¿Acaso no es superevidente?».

Ahora no me extrañaba que tuviera que pensar en lo nuestro.

Sin hacer ruido, me alejé de la sala y cerré la puerta. En el pasillo, traté de controlar la respiración con la esperanza de mitigar el dolor que me atenazaba el pecho con cada inspiración y espiración. La cantinela de siempre se repetía en mi cabeza: «No pasa nada», «Al menos se lo está pensando», «Siempre acabo con hombres que no están del todo interesados». Quedarme al margen y aceptar lo que me daban. Eso era lo que había hecho con Scott y con un sinfín de capullos antes que él.

El problema era…

El problema era que Brett no era el perfil de hombre con el que siempre terminaba y un nuevo perfil de hombre merecía otra actitud por mi parte. Si me gustara otro hombre, ¿qué me diría Brett? Que debía hacerme valer y me negara a conformarme.

Impulsada por algo que no fui capaz de identificar, me dirigí hacia el despacho de Brett.

—Vengo a buscar una cosa —le indiqué a Julie, su secretaria, antes de entrar directa.

Una vez dentro, me giré hacia la puerta, me apoyé en ella y esperé.

Y esperé.

Y pedí a Dios que la razón por la que no había vuelto todavía no fuera porque Tess estuviera arrodillada ante él en la sala de reuniones.

Y esperé un poco más.

Y por fin oí la voz de Julie fuera del despacho:

—Eden sigue dentro.

—¿Eden?

Brett abrió la puerta sin esperar a que le respondiera y me lo preguntó a mí directamente con su expresión inquisitiva.

No le di tiempo a hacer elucubraciones.

—Me hiciste pensar que no era por Tess.

Alzó una ceja, confundido, mientras cerraba la puerta tras él.

—¿El qué no era por Tess?

—Me dijiste que necesitabas tiempo para pensar y cuando te pregunté si era por Tess no me respondiste, pero sí que diste a entender claramente que no era eso. Y en cambio luego... Tú y ella... ¿Pretendes que me quede esperando a que ella se decida?

—¿Que se decida a...?

Pero yo ya me había lanzado a la piscina:

—¿Por qué? ¿Porque siempre he esperado a todos los hombres que se han cruzado en mi vida? Así que pensaste: «Bueno, siempre podré contar con que Eden esté ahí».

—Un momento. Nunca he...

—¿Ibas a seguir dándome largas hasta que supieras con seguridad si las cosas les salían bien a ella y a Scott? Y si les iba bien, ¿luego qué? ¿Vendrías a decirme que todo estaba bien? Se supone que no tiene que importarme ser tu segundo plato, ¿verdad?

—¿Es una broma? ¿Cómo que el segundo plato? —Su voz sonó como el rugido de un león, que reverberaba en el aire y me despojó de lo que fuera que iba a decir—. ¿Pero tú te estás oyendo? ¡Yo soy el segundo plato! ¡Tu segundo plato!

—¿Qué? —La acusación me había dejado perpleja, pero su comportamiento me desconcertaba todavía más. Había visto a Brett enfadado, pero rara vez lo había visto explotar de esta manera. Al menos, nunca había estallado conmigo.

—Ahora no te pongas así. No hagas ver que no me he pasado el último año consolándote cada vez que Scott te dejaba tirada.

—Sí, pero… —Había perdido el control de la conversación y esta vez me arrollaba como una apisonadora.

—Y antes que él, ¿por quién fue? Por Rufus. Y antes que él, Erik. Y antes que él, el francés…

—Michel —tercié, con un hilo de voz.

—¡Eso! Ni siquiera soy tu segundo plato, ¿eh? ¿Qué soy? ¿El décimo? ¿El decimoquinto?

Vale. Eso eran muchos hombres a lo largo de los años. Esbocé una sonrisa leve.

—¿Me estás tratando de guarra?

Mis intentos por quitarle hierro a la situación no minaron su furia.

—¡Y encima tienes el morro de acusarme de convertirte en mi segundo plato! Joder, Edie… Te he esperado durante años mientras dejabas que un imbécil tras otro te pisoteara.

—Podrías haberme… —¿Podría haberme qué? ¿Haberme dicho que estaba cometiendo un error? Ya lo había hecho, cada vez. ¿Haberme dicho que merecía mucho más? También lo había hecho. ¿Haber dejado de interesarse por mí?

Nunca lo había hecho. Y yo sabía que no lo haría, por mucho que se frustrara conmigo.

Y ahora empezaba a entenderle.

—Oh —dije, bajito, mientras notaba una presión cada vez más acuciante en el pecho.

—Exacto. Y luego, de todas las personas de las que podrías haberte enamorado, vas y te pillas de Scott.

—No me… —Pero sí que lo había hecho. Todo lo que me decía. Todo era cierto.

Dio un paso en mi dirección, pero con la vergüenza que yo sentía y con la furia cincelada en su expresión, me resultó imposible no retroceder.

—Sí, Eden, te quiero y supongo que no puedo culparte por volver siempre con los tíos que te hieren, porque yo no he dejado de volver a ti. Por mucho que me doliera oír cómo te habían partido el corazón, me tragaba mis sentimientos. Dejé que me hicieras daño una y otra vez. ¿Quieres saber por qué necesito tiempo para pensar si lo nuestro tiene sentido? Porque ya sé la respuesta, y me gustaría que fuera otra, pero por experiencia sé que no lo será.

—No. —No podía permitir que lo dijera—. No. No.

—Porque, aunque ahora sí que me elijas, no me escogiste entonces. —Su tono era cálido, lo que hizo que las palabras me dolieran todavía más—. Y eso es importante. He aceptado que soy un Sebastian secundario, pero me valoro demasiado como para ser el segundo plato de nadie. No puedo hacerme esto. Ni siquiera por ti.

Una lágrima me rodó por la mejilla. Y otra. Y luego demasiadas como para contarlas. Por primera vez en…, en toda mi vida, no se acercó a consolarme.

Y yo me moría por consolarlo a él.

—Brett…

Pero no sabía qué decir, menos aún las palabras correctas. No solo porque no hubiera forma de defenderme. Eso no constituía ni la mitad de la agonía en la que me había sumido. La razón de gran parte de esta tortura era incluso más incómoda de afrontar: le había hecho mucho daño a Brett de las mismas formas que me lo habían hecho a mí, algo que nunca habría querido que le sucediera a alguien a quien quería.

—Creo que debes irte —comentó al cabo de un largo silencio interrumpido solo por el ruido que hacía yo al sorberme los mocos.

La brusca despedida me espoleó a reaccionar:

—Brett, lo siento mucho. Nunca me di cuenta.

—Ya no importa. Por favor… —Señaló la puerta.

No podía aceptarlo. Todavía debía importar. Si no era así, no teníamos ninguna oportunidad y, por muy doloroso que fuera saber que le había hecho daño, era mil veces peor si no podía ponerle remedio.

—No, sí que importa. Debería haberme dado cuenta.

Di un paso para acercarme a él con el brazo estirado, pero se apartó antes de que pudiera tocarlo.

—No puedo seguir con esto, Edie.

Su postura tenía cierto aire definitivo, en la fijeza de su mirada, en la gravedad de su voz.

—¿Qué quieres decir? —Pero ya lo sabía. Me habían rechazado lo suficiente como para conocer la diferencia entre «No puedo con esto ahora» y «No puedo seguir con esto, se acabó».

—Que necesito tiempo.

—¿Tiempo para seguir pensando? —Me aferré a la esperanza minúscula de que esto no era lo que creía, que no era el «no» que tan acostumbrada estaba a oír, que solo era el «tal vez» que Brett ya me había dado.

De pronto, pareció cansado:

—Tiempo sin verte, Eden. No puedo seguir siendo tu amigo, de momento.

No pude hacer que cambiara de opinión porque Julie lo avisó por el interfono de que la cita de las cuatro y cuarto estaba esperando y no me quedó otra opción que irme cuando me señaló la puerta.

Pero la verdad era que, aunque hubiera tenido la oportunidad, no habría servido de nada. Nunca había sabido cómo conservar a un hombre cualquiera.

¿Cómo iba a saber de repente cómo mantener al mejor hombre del mundo a mi lado?

Capítulo 12

La voz de Avery entonaba su cantinela interminable de fondo hasta que, de pronto, no me pareció tan lejana, sino alta y clara, bien cerca de mi oído.

—¿Qué? —espeté, y al alzar la vista del móvil descubrí que se asomaba por encima de mi hombro.

—Eh, eh —dijo, a la defensiva—, tampoco hace falta que me grites.

—Estoy ocupada. Deja de molestarme.

—Estás ocupada jugando al Wooduku. Creo que puedes dedicarme cinco segundos para decirme si puedo tirar o no lo que te ha sobrado. La nevera está demasiado llena.

Me había lanzado más de una pulla. Una hacía referencia a que había decidido pasarme el sábado jugando a juegos en el móvil. Otra, a que no me había ni molestado en tirar a la basura la comida que me había sobrado. Y una tercera se refería al hecho de que había pedido comida a domicilio durante toda la semana porque era una vaga dejada demasiado antisocial como para cenar con la familia.

Ah, y una última sobre cómo ella tenía que limpiar mis cosas, porque, cómo no, ella era perfecta en… ah, sí, en todo.

—Lo que tú digas —respondí y volví a sumirme en el juego. Si quería que la ayudara, tendría que pedírmelo claramente.

Y podría decirle que no.

—No entiendo esa respuesta. ¿Puedo tirarlo o no?

—¡Me da igual! —bramé. Por Dios, ¿acaso no era evidente que quería que me dejaran en paz?

—Vale, se acabó. —Avery dio la vuelta al sofá para quedar frente a mí—. Mírame, Eden.

Me planteé no prestarle atención, pero la conocía lo suficiente como para saber que no pararía hasta soltarme lo que fuera que le rondara la cabeza.

Bufé y alcé la mirada.

—¿Y ahora qué pasa?

—No lo sé, Eden, tú me lo dirás. Llevas toda la semana llorando por los rincones y deprimiéndonos a todos. Así que dime, ¿qué pasa?

No pasaba nada. Ese era el problema.

El día después de que Brett me hubiera gritado y hecho llorar (recordatorio de que me encantaba el drama, pero lo anterior tampoco era mentira), había llamado al trabajo y había dicho que estaba enferma con la esperanza de que un fin de semana largo nos sirviera como reinicio a los dos.

Y entonces, el lunes, le había llevado su café favorito y un poco de pastel de nueces, que sabía que le encantaba, a su despacho para hacer las paces, pero Julie me detuvo y me dijo: «El señor Sebastian me ha indicado que hoy no puede recibir ninguna visita. Está ayudando al otro señor Sebastian en un proyecto para la candidatura del patrocinio».

Ya, claro. El trabajo era la razón por la que evitaba a todo el mundo.

Era cierto que Scott le había pedido a Brett que ideara una serie documental en el último momento que tenía que empezar a filmarse cuanto antes, así que tal vez el aislamiento estaba justificado. No podía saberlo con seguridad, puesto que con el único mensaje que le había mandado había obtenido una respuesta brusca:

«Necesito tiempo de verdad, sin contacto, Eden».

En otras palabras: no solo quedaba totalmente descartada nuestra relación como pareja, sino que diez años de amistad podían llegar a su fin y lo único que yo podía hacer era esperar.

Así que no era de extrañar que estuviera de un humor de perros.

—No quiero hablar del tema —respondí, y me mordí el labio.

De haber sido ella, habría interpretado mis palabras como una despedida y me habría ido a grandes y sonoras zancadas a comerme la cabeza. Pero Avery era doña perfecta, así que reaccionó de otro modo: se sentó en la mesita de centro delante de mí y puso su voz más tierna:

—¿Es por Scott?

La fulminé con la mirada.

—Ya te dije que aquello se acabó.

—Ah, cierto, ahora es Brett. —Me ofreció una expresión compungida tras recordar la última actualización que había recibido en este sentido—. ¿Las cosas avanzan demasiado lentas?

Negué vagamente con la cabeza. No había reconocido que las cosas ni siquiera avanzaban y no sabía si podría soportar la humillación que supondría explicárselo.

—No me digas que él también ha resultado ser un capullo. Con lo bueno que es.

«Qué me vas a contar».

Debía de haber alguna parte de mí que quería hablar con ella porque, sin darme cuenta, le confesé:

—Le gusta otra.

—¿Te lo ha dicho él?

Asentí.

Y entonces me embargó la culpa, porque, aunque Brett lo había admitido, también me había dicho que me quería, y no estaba relatándole la situación con exactitud.

—Sí, pero fue antes de que nos acostáramos. Y luego lo vi con ella y le dije que yo no quería ser su segundo plato.

Avery rebufó.

—Ves la paja en el ojo ajeno, pero no la viga en el tuyo, ¿eh?

Quise ponerle mala cara, defenderme y decirle un montón de cosas que empezaban por «cómo iba yo a saberlo» y seguían por «no era culpa mía que él perdiera tanto el culo por mí» y todas esas tonterías.

Pero, en cambio, suspiré.

—Básicamente, es lo mismo que él me dijo. Solo que él fue mucho más explícito y sacó muchas cosas que creo que se había guardado durante mucho tiempo… —Exageré el mohín para no echarme a llorar—. Le he hecho mucho daño, Avery.

—Ay, cariño.

Se trasladó al sofá y me atrajo hacia sus brazos. Apoyé la cabeza en su hombro y, aunque no me sentí mejor al instante, sí que me sentí menos incómoda en mi amargura. Por mucho que la detestara porque lo hacía todo bien, a veces olvidaba lo mucho que la quería por ser tan buena a la hora de dar ánimos.

Me acarició el pelo y apoyó la cabeza en la mía.

—Pero entiendes por qué Brett se siente así, ¿verdad?

Refrené el impulso de acusarla de ser condescendiente. Avery me había hecho de madre desde que la nuestra nos había abandonado y, aunque prefería que no recuperáramos esos roles, en el fondo sabía que le salía solo. Estaba tratando de ayudarme, así que la dejé.

—Sí, lo entiendo. Cree que es el segundo plato porque siempre ha estado ahí para mí y nunca he querido salir con él.

Me incorporé y me volví para mirarla.

—Pero el problema es que nunca me había planteado la posibilidad de tener algo con él.

Mi hermana ladeó la cabeza y supe que estaba buscando la mejor manera de decirme lo que pensaba.

—Dilo. Sea lo que sea, no me va a doler más de lo que me dijo Brett. —También podía poner a prueba hasta qué punto podía hundirme.

Avery no vaciló:

—Es que no entiendo cómo nunca te has planteado tener algo con él. Sabías lo mucho que le gustabas: me dijiste muchas veces que creías que le atraías, así que eso seguro que no te lo impidió. ¿Es que no te gustaba?

—No, sí que me gustaba. ¿A quién no le gustaría? Pero es como… —Me detuve a pensar en una buena comparación—. Es como el pacto que tienes con Nolan, ¿sabes? El pacto de que si alguna vez conoces a Michael Fassbender puedes tirártelo y no pasará nada y si él conoce a Shanina Shaik puede tirársela y no pasará nada. Y a los dos os hace gracia, porque incluso aunque los conocierais, sabéis que ellos no querrían.

—Eh… Bueno, estoy segura de que Shanina no querría acostarse con Nolan, pero quiero pensar que yo sí que tengo posibilidades con Fassbender.

La miré de hito en hito.

—Está casado. Y tiene un bebé.

Avery se encogió de hombros.

—Y yo también. Todos tenemos defectos.

—La cuestión —proseguí, como si no me hubiera interrumpido— es que juegan en otra liga, son inalcanzables.

—¿Cómo va a ser Brett inalcanzable?

—Lo es. —Me frustraba que no lo entendiera—. Es rico, tiene éxito, es *sexy* a más no poder y tiene un pene tremendo.

—Eso no necesitaba saberlo. Pero oye, ¡bien por ti!

Mis labios se curvaron en una sonrisa rebelde.

—Y, por si fuera poco, además es muy buena persona. Los hombres como él y como Nolan se merecen a la mujer adecuada. Y yo no soy esa mujer. Por eso siempre acabo con hombres que me tratan fatal, porque son lo único a lo que puedo aspirar.

—Un momento, un momento, un momento, un momento. —Giró las rodillas hacia mí—. Aquí hay mucha mierda por resolver y no sé por dónde empezar. Vale, empezaré con esto: ¿insinúas que Nolan también es inalcanzable? Porque voy a decirte una cosa: le quiero, pero Nolan no es perfecto. Y otra cosa: está casado conmigo.

—Sí, porque tú eres la mujer adecuada. —Nunca se lo había dicho a la cara y me sentí incómoda de inmediato.

—Pues pasemos a la mierda que hay que resolver. ¿De qué demonios hablas? ¿Yo, «la mujer adecuada»? ¿Qué quieres decir con eso?

—Bueno… —No podía mirarla a los ojos—. Es que… Todo se te da bien. Eres la madre perfecta, la mujer perfecta, tienes la casa perfecta. Es como si todo lo que tocaras se convirtiera en oro. Es impresionante, de verdad. Y saca un poco de quicio.

—Eden. —Me observó, impresionada—. Me has dejado sin palabras. No sé qué decir. Bueno, sí…

—Porque tú siempre sabes qué decir —señalé.

—No, no, no. No es verdad. ¿Y todo eso que has dicho sobre la perfección? Es pura fachada. Es la imagen que proyecto porque estoy aterrorizada de que alguien se dé cuenta de lo desastre que soy.

—Cómo vas a ser un…

—Porque lo disimulo, pero de verdad que lo soy. Soy una envidiosa, una amargada y una mezquina. No tengo ni idea de lo que hago la mitad de las veces. Mis compañeras fueron capaces de ser madres y seguir trabajando. Y yo no soy capaz de cuidar del bebé sin tener al menos dos crisis al día. Soy una madre nefasta. Y se me cae el pelo. —Se tiró de un rizo, como si al estirar fueran a caer un montón de mechones. No fue así—. Gané el doble de peso de lo que el médico me dijo cuando estuve embarazada y solo he perdido una cuarta parte. No pude darle el pecho: dije que Finch no se agarraba, pero fui yo la que no supo cómo hacerlo. Nolan duerme en el sofá cada dos por tres porque le regaño por cualquier tontería y lo mando allí, y luego me siento sola y triste toda la noche, pero soy demasiado orgullosa como para ir a buscarlo. ¿Y la junta del edificio? Acosé de forma anónima a Cassandra Sanchez por Next Door, la aplicación, para que dimitiera porque tenía envidia de la atención que todo el mundo le prestaba y me presenté en su lugar. La mitad de las comidas que hacemos las encargo en secreto a una empresa de *catering*. Me comí un bote entero de helado anoche, sola, en mi habitación. Y, al parecer, hago que mi hermana pequeña se sienta como una mierda porque se cree todas las mentiras que he fabricado. Eden, tengo muchos, pero que muchos defectos.

Me quedé boquiabierta mientras asimilaba todo lo que había dicho. No me esperaba una confesión, y, para ser sincera, una parte de mí se enfadó con ella. ¿Durante todo este tiempo mi hermana había permitido que pensara que era una supermujer sin importarle cómo me afectaría?

Pero entonces solté una carcajada.

—¿Encargas las comidas a una empresa de *catering*? ¿Y Nolan no lo sabe?

—No lo sabe nadie, excepto la señora Wenchel, porque una vez se equivocaron y llamaron a su puerta. Las pido pronto, por la mañana, cuando tú y Nolan estáis trabajando, y luego las meto en el horno para que creáis que lo he preparado yo.

—Por eso tienes la cocina limpia mientras cocinas.

—Porque no ensucio casi nada. —Esbozó una tímida sonrisa.

Cuando yo también sonreí, su sonrisa se ensanchó y nos echamos a reír a carcajadas hasta que le di un puñetazo en el brazo con demasiada fuerza.

—¡Au! —gritó, y su risa se cortó de golpe.

—Me has hecho creer que eras perfecta.

—No te he obligado a nada. Y, de todas formas, no debería importarte si lo soy o no. No puedes pasarte la vida comparándote con las demás.

—Madre mía, mira quién hablaba de no ver la paja en el ojo ajeno.

Soltó una risita.

—Si ya te lo he dicho: soy un desastre.

Me asaltaron unas ganas irrefrenables de abrazarla, y eso hice.

—Pero ¿por qué somos así?

—El patriarcado —respondió mientras me devolvía el abrazo y me estrechaba con la misma fuerza que yo a ella—. Y por no haber tenido ningún modelo femenino en casa. La verdad, hay muchas razones que explican por qué todo nos va mal. —Se separó y me agarró de los hombros para obligarme a mirarla—. Pero eso no significa que no nos merezcamos que nos pasen cosas buenas. Me merezco estar con Nolan. Nos hacemos bien el uno al otro. Y tú le haces bien a Brett. Él te quiere y tú lo quieres, te mereces estar con él.

Había perdido la guerra contra mis emociones y se me anegaron los ojos.

—Que me digas eso significa mucho para mí. Tal vez no debería, pero significa mucho.

—No debería importarte lo que yo piense, pero me alegro de que te haya ayudado. —También se le saltaban las lágrimas—. Tenemos que aprender a ser felices y aceptar cómo somos, sin que nadie nos tenga que decir nada.

—Ya lo sé, pero la seguridad que nos dan los demás también ayuda. —Carraspeé—. De hecho, creo que es una lección que la vida lleva un tiempo tratando de enseñarme. Sé que ahora no lo parece, pero la razón por la que he permitido que por fin pasara algo entre Brett y yo ha sido porque he empezado a creerme que sí me lo merecía. —Decirlo en voz alta me hizo sentir valiente e incómoda a la vez—. Bueno, más o menos.

Avery frunció la boca.

—«Más o menos» no es lo que quiero escuchar, jovencita.

—Bueno, estoy trabajando en ello, ¿vale?

—Vale, vale. Solo quiero que sepas que creo que debería ser él quien se pregunte si te merece.

A veces tenía que quererla.

—Sé que estamos hablando de ti… —empezó, al cabo de unos segundos—, pero, eh… ¿Qué hizo que empezaras a valorarte? ¿El yoga? Por favor, dime que no fue el yoga, que no soy flexible.

—No fue el yoga —le aseguré—. Pero tampoco sé qué fue exactamente. —Tenía una vaga idea, pero no quería que Avery fuera la primera persona a quien se lo explicara.

Pareció entenderlo.

—Bueno, pues cuando lo sepas, deberías decírselo a él.

Y habíamos vuelto al punto de partida:

—Pero si no me habla. —Me dejé caer sobre el respaldo del sofá como la persona dramática que era, porque estaba segura de que a mi hermana le gustaba a pesar de estar todo el día quejándose de ello.

—Qué mal. —Ella también se recostó en el respaldo como muestra de empatía—. ¿Lo has intentado?

—Sí, me ha dicho que necesita espacio. Intento dárselo.

Asintió.

—Yo en tu lugar ignoraría lo del espacio, pero como ya he mencionado, estoy llena de defectos. Seguramente deberías darle tiempo.

—Sí.

—Pero no eternamente. Piensa en alguna forma de hablar con él pronto. Creo que necesita saber que vale la pena luchar por él.

Me confirmó algo que me había rondado la cabeza, pero que hasta ahora no había identificado. Sabía que tenía que luchar por él, y ese era uno de los motivos por los que pasar tiempo sin relacionarme con él me estaba provocando tanta ansiedad.

Otra razón era porque lo echaba de menos.

—Vale —dije, contenta por haberlo visto claro—. No sé cómo luchar por él exactamente…

—Entonces también tendrás que pensar en ello. —Era evidente que hasta aquí llegaba su ayuda.

—Anda, gracias.

—Te he confesado la mitad de mis secretos. ¿Qué más quieres que haga?

—Nada —repuse y la abracé de nuevo—. Eres perfecta tal como eres.

Capítulo 13

Me resistí a ponerme en contacto con Brett durante otra semana. Quería respetar su voluntad, pero, en realidad, la única razón por la que no había claudicado y me había puesto en contacto con él fuera del trabajo era porque todavía no había descubierto cómo luchar por él.

La única forma de sobrevivir a esa semana fue convenciéndome de que darle espacio ya era luchar por él. O, al menos, el primer paso, y los pasos siguientes empezaban a cobrar forma en mi cabeza. Eran pequeños detalles que podía tener con él para demostrarle lo que sentía. No quería engañarme: me llevaría un tiempo ganarme su confianza, pero tenía experiencia en aferrarme a las relaciones, incluso aunque nada augurara un buen resultado. Seguro que esperar a Brett valdría la pena.

Sin embargo, tendría que hacer un esfuerzo monumental por no retrasarme cuando terminaran las reuniones de empleados, no pasar por su despacho a preguntarle si quería que comiéramos juntos, no mandarle un mensaje con el emoticono que llora de la risa cada vez que Silvia aparecía con un traje de chaqueta y pantalón con un estampado horrible de flores, o por no colocar la esterilla junto a la suya en yoga y recibir amonestaciones por pasarme la clase haciéndole comentarios entre susurros.

Al menos, Brett había vuelto a las clases. Verle me hizo albergar esperanzas. Y, cuando sus ojos se toparon con los míos al otro lado de la clase y me ofreció una tímida sonrisa antes de desviar la mirada, decidí que había llegado el momento de pasar al siguiente nivel del proyecto «Ganarme a Brett» para siempre.

No obstante, necesitaba hacer una gran demostración que lo pusiera todo en marcha. La semana siguiente, Sadie, la secretaria de Scott, me ofreció la oportunidad perfecta sin darse cuenta.

—¿Qué quiere que hagamos, exactamente? —preguntó Julie tras la reunión de personal del lunes.

Por extraño que pareciera, esta vez había prestado atención.

—Quiere que escribamos los mejores momentos que hemos compartido con Scott para colgarlos en la sala de descanso y convertirlo en una especie de homenaje. Sin firmar, que sea anónimo.

Julie puso cara de desaprobación.

—Qué tontería.

—Sí, sí que lo es.

Sadie había reconocido que le habían presentado la idea en un taller para hacer equipo y que la propuesta original consistía en compartir recuerdos de todos los trabajadores, pero que ella la había modificado como homenaje a Scott, a quien iban a ascender y dejaba este departamento. Como experimento para forjar lazos dentro de un mismo equipo en el trabajo, el proyecto original puede que no fuera tan mala idea.

Pero tal y como estaba planteado ahora, era una mierda por diversas razones. Para empezar, era una cursilada y yo detestaba las cursiladas. En segundo lugar, el cargo de vicepresidente que ostentaba Scott hacía que tuviera mucho contacto con personas de otros departamentos e incluso de fuera de la empresa. No se relacionaba con la mitad del personal y era muy probable que tampoco supiera cómo se llamaban. En tercer lugar, Scott era la última persona que necesitaba que le hicieran la pelota. Y, en cuarto lugar, aunque lo necesitara, nunca pisaba la sala de descanso, así que no lo vería jamás.

Y, por último, no iba a contar ninguna de mis experiencias favoritas con Scott. No solo porque eran privadas, sino porque no eran aptas para todos los públicos. Además, después de haber estado con Brett, todos los recuerdos compartidos con Scott y que antes valoraba ahora habían perdido todo su atractivo.

No pensaba participar.

Hasta que encontré la forma de mejorarlo.

Lo primero que hice el viernes fue hablar con Sadie para ofrecerme a imprimir, enmarcar y colgar los recuerdos que habían escrito. Ella ya había comprado un montón de marcos genéricos de medida estándar, me los dio y me mandó por correo todos los mensajes que había recibido a lo largo de esa semana.

Dediqué la mañana a montarlo todo desde mi mostrador. Menos mal que era una tarea bastante sencilla y pude terminar todos los mensajes a mediodía, incluidos los míos, que eran los más bonitos, con marcos más ornamentados que yo misma había comprado el día anterior.

Esperé hasta que la sala de descanso estuviera vacía después de la hora de la comida para estar sola y luego, con un nivel, un martillo y una caja de clavos que había tomado prestados del equipo de mantenimiento, me pasé la tarde colocando los marcos con premeditación en la pared.

Cuando hube terminado, me alejé unos pasos para admirar mi obra. Había hecho un trabajo bastante bueno en términos de composición, solo tuve que mover un par de clavos de los míos porque no estaban rectos (la sexta razón por la que esta idea era una mierda: todos los agujeros que quedarían en la pared cuando se descolgaran los recuerdos), pero casi no se notaban. Lo importante era que mis marcos (los que contenían los recuerdos que yo había escrito) destacaran, y, en efecto, así era. Cualquier persona que quisiera leerlos empezaría con el mío porque atraía cualquier mirada.

Estaba satisfecha.

En gran parte.

Y un poco entusiasmada.

Y muy nerviosa.

Dios, esperaba que alguien los leyera de verdad, que Brett lo descubriera antes de que quitaran lo que había añadido y que no me metiera en demasiados problemas por haberlo hecho.

¿A quién pretendía engañar? Sin duda, Sadie vendría a echar un vistazo antes de irse, y estaba segura de que desmontaría los míos al instante.

De pronto, mi plan me pareció una estupidez tan grande como la idea de hacerle este homenaje a Scott y me estaba planteando seriamente desmontar mis marcos cuando la puerta de la sala se abrió a mis espaldas.

Me volví mientras me preparaba para dar explicaciones a Sadie, pero me encontré con Brett.

Bueno, vaya: el destino.

El problema era que, si se daba el caso, yo no quería estar presente cuando Brett lo leyera. Por suerte, como de todas formas habíamos pasado el último par de semanas evitando compartir un mismo espacio, no fue raro que me pusiera a recoger mis cosas de inmediato.

—Acabo de terminar y ya me iba —dije sin mirarlo a los ojos para que no sintiera la necesidad de irse.

—No, no pasa nada. Quería... —Señaló la máquina de café, aunque era un poco raro, ya que Julie se ocupaba de este tipo de cosas, pero también era cierto que Brett era de los que se haría él mismo el café si su secretaria estaba ocupada e incluso se ofrecería a prepararle uno a ella si quería.

Pero no se dirigió hacia la máquina de café. Se quedó en el centro de la sala y contempló los marcos que acababa de colocar.

—¿Esta es la pared en honor al dios Scott?

Reprimí una carcajada y casi me atraganté porque no podía creer que Brett hablara conmigo y apenas podía respirar. Pero también tenía que salir de ahí pitando, así que le respondí rápidamente:

—Lo has dicho tú, no yo.

Y me dirigí hacia la puerta. No conseguí salir antes de que exclamara:

—Espera.

Me quedé petrificada, con la mano en el pomo, demasiado nerviosa como para volverme.

Cuando pasaron unos segundos y no añadió nada más, los nervios me impedían girarme. Y, cuando lo hice, descubrí que estaba echando un vistazo a uno de mis marcos antes de pasar a otro.

—Van sobre mí —observó, y creo que detecté sorpresa en su voz, pero, a decir verdad, podría haber sido desconcierto.

—Bueno, no todos.

Giró sobre los talones para mirarme.

—Los que has escrito tú.

Aunque los mensajes eran anónimos, era imposible que no adivinara que los míos iban sobre él y no sobre Scott. Eran recuerdos muy específicos: la vez que organizamos la fiesta del primer aniversario de Nolan y Avery, cuando tomó el tren para ir hasta Harlem a recogerme tras una cita que había acabado mal, la vez que me llevó a Portugal por mi cumpleaños, aquella vez que nos habíamos enfrentado al frío y la muchedumbre para ver caer la bola de Año Nuevo y acabamos en su apartamento antes de las diez y mirándolo por la tele, la vez que se quedó conmigo en la sala de espera del hospital cuando Finch venía con el cordón umbilical enrollado en el cuello y tuvieron que hacerle una cesárea de emergencia a Avery, cuando me llevó a una residencia canina para que me animara haciendo carantoñas a los perros, la vez que me había convencido para cantar en un karaoke con él en la fiesta antes de las vacaciones…

—He sido incapaz de escoger solo uno —le dije—. Y los que he puesto tampoco son los más trascendentales.

Me examinó.

—Se suponía que tenían que ser sobre…

—Ya lo sé —lo interrumpí. Y aunque no me imaginaba que ocurriría esto, estaba preparada por si tenía que dar explicaciones—: Pero ¿sabes qué pasa? Que a mí él no me importa como tú y sé que no lo parece, pero la verdad es que tú siempre has sido el Sebastian principal para mí. Tú siempre has sido el hombre al que he tenido en un pedestal. Tú siempre has sido ese hombre inalcanzable que era demasiado bueno para mí. No te merecía.

Soltó un bufido de frustración.

—Eden, nunca he…

—Ya lo sé. Nunca me has hecho sentir inferior. Lo hice yo solita. Y así era la Eden Waters que conociste hace diez años: una chica con muy poca autoestima y con tendencia a acabar con hombres que la trataban mal porque es lo que ella creía que merecía. Y aunque sabía que tal vez te gustaba como algo más que una amiga, no creía que pudieras ser el hombre indicado para mí porque yo sabía que nunca sería la mujer indicada para ti.

»Sin embargo, poco a poco, con el paso de los años, todo eso empezó a cambiar. Y lo cambiaste tú. Me cambiaste. Me repetiste una y otra vez que valía mucho más de lo que me imaginaba. Y, al final, empecé a creérmelo.

—Porque…

—Deja que termine, ¿vale?

A regañadientes, cerró la boca y asintió.

Me puse las cosas a un lado y ladeé la cadera.

—¿Querías saber por qué ahora? Ahí lo tienes. Porque me convenciste de que te merecía. Y sí, que apareciera Tess y me dijeras que te gustaba ha sido un detonante, porque, aunque el cambio se ha producido a lo largo de los años, creo que llevaba un tiempo preparada para creérmelo, lista para permitirme quererte. Solo necesitaba un empujoncito.

Brett inspiró hondo y sus ojos saltaron de mí a la pared y de vuelta a mí.

—No sé qué decir.

En mi versión imaginada de cómo saldría esto, Brett me alzaba en volandas, afirmaba que estábamos hechos el uno para el otro y terminaba penetrándome apoyados sobre la encimera de la sala de descanso. Así que había que reconocer que su vacilación era un tanto decepcionante.

Pero también me lo esperaba.

—No tienes que decir nada, Brett. Ya has dicho mucho a lo largo de los años. Es el momento de que te convenza de lo que significas para mí. No eres mi segundo plato. Eres mi persona favorita del mundo y sé que llevará tiempo que te lo creas y no pasa nada. Ahora soy yo quien debe esperar. Y puedo esperar.

Tal vez trataba de convencerme a mí tanto como a él, pero lo decía de verdad. Iba a esperar. Todo lo que hiciera falta.

Y como lo decía de verdad, me resistí a las ganas de quedarme y en silencio imploré algún tipo de aliento y me obligué a girar sobre los talones e irme.

Capítulo 14

—Me da igual que *«cringe»* se utilice en TikTok. No es una palabra de nuestro idioma y no la puedes usar en el Scrabble.

Estaba de acuerdo con Avery, pero se lo tomaba tan en serio que me estaba costando reprimir la risa. Un rápido vistazo a Nolan me confirmó que sus esfuerzos se centraban en hacerla enfadar y lo estaba consiguiendo.

—No creo que sea lo correcto —protestó—. Las normas estipulan que la palabra tiene que estar en el diccionario. ¿Acaso especifica en qué diccionario? En el bilingüe debería bastar.

—¡El bilingüe no cuenta! —le chilló, con los ojos abiertos y la cara roja y sofocada. Al recordar que el bebé dormía en la habitación contigua, bajó el volumen, pero mantuvo la misma intensidad—. Si nos pusiéramos con el bilingüe podríamos jugar con miles de palabras de lenguas distintas y ¿cómo acabaría esto? Ya te lo digo yo: ¡sería un caos!

Dejé de esforzarme por no reír.

Nolan permaneció serio.

—¿Pero lo pone en las normas oficiales?

—¡Sí! —Avery tecleó con furia en el teléfono.

—Seguro que ni siquiera quiere cuestionarme. Solo quería la oportunidad de buscar una palabra. Quién es la tramposa ahora, ¿eh? —Me lo decía a mí, pero era evidente que quería chincharla.

—¿Yo, tramposa? ¡¿Yo, tramposa?! —Avery salió del sofá de un salto hacia la mesita de centro y casi tira al suelo el tablero del Scrabble para enseñarle la pantalla del teléfono a su marido—: ¡El diccionario oficial de la lengua es el único válido! ¿Lo ves? Lo pone aquí. —Tecleó un poco más a toda velocidad y volvió a enseñarle la pantalla—. ¿Ves qué pone cuando busco *«cringe»*? «La palabra "*cringe*" no está en el Diccionario». Y eso significa que no puedes usarla en el juego.

—Oh. De acuerdo. Bueno, espera, no quería poner *«cringe»*. Quería poner *«eringe»*. —Cambió la C por la E—. Ya está. Veintiséis puntos.

—¡No puedes hacer la jugada después de que se te haya cuestionado la palabra! —Avery inició otro sermón sobre cómo iban las normas de un cuestionamiento.

Por fin, Nolan esbozó una sonrisa.

—Se lo toma tan en serio... —me dijo—. Es que no puedo evitarlo.

—¿Por qué jugaríamos a algo si no ibais a tomároslo en serio? —Pero entonces, Avery también se echó a reír—. Bueno, un poco a pecho sí que me lo tomo.

Iba a contestarle que sería más apropiado decir que era una maniática de las reglas, pero el timbre sonó antes de que pudiera abrir la boca.

—Como parece que hay un poco de histeria colectiva, iré a abrir la puerta. —Agarró la copa de vino vacía y supuse que, ya que se levantaba, iría a llenársela.

Recobré la compostura lo suficiente como para levantar mi copa.

—¿Y la mía?

—Traeré la botella —respondió, ya casi al otro extremo del salón.

—Qué risa —suspiró Avery, al cabo de unos segundos—. Lo necesitaba.

—Yo también. —Hoy me había costado decirle a Brett todo lo que necesitaba en la sala de descanso, pero había sido más difícil todavía irme. Me moría por mandarle un mensaje, o llamarle o presentarme en su apartamento. Cuando Avery había propuesto que jugáramos a un juego de palabras competitivo, me había echado a reír, pero entonces Nolan había abierto una botella de vino y al cabo de una hora de partida, me sentía mucho mejor.

O lo hacía siempre y cuando estuviera concentrada en otra cosa que me permitiera no pensar en Brett.

Ahora que nos habíamos serenado, mientras Avery meditaba su próxima jugada y Nolan no estaba para distraerme, mis pensamientos volvieron a centrarse en él. ¿Qué pensaría Brett? ¿Se estaría riendo de mí? ¿Me habría humillado? ¿Lo habría ahuyentado para siempre?

Me dejé caer de espaldas sobre el suelo con un gruñido.

—No pienses en él. —Avery ni siquiera alzó la vista de las letras.

—Para ti es fácil decirlo —gruñí otra vez.

—Eden me está distrayendo para que no haga un pleno —le comentó a Nolan cuando este volvió al salón.

—Qué pena, cariño, pero creo que la partida ha terminado.

Me apoyé sobre los codos para lanzarle una mirada inquisitiva. Era cierto que Avery nos llevaba bastante ventaja, pero todavía podíamos atraparla. O al menos, yo.

—Era Brett —explicó Nolan—. Está subiendo.

Avery dejó las fichas y me miró.

—¡Madre mía!

El corazón se me aceleró al instante, como si hubiera sido yo la que había atendido el interfono y hubiera vuelto corriendo, pero tampoco quería adelantarme a los acontecimientos:

—¿Ha venido por mí?

—Por cómo ha preguntado «Oye, Nolan, ¿está Edie?», juraría que sí, que ha venido por ti.

—Madre mía. —Me levanté de un salto y me arrepentí de haberme puesto unos pantalones cortos para dormir y la camiseta que rezaba «Feminista por mis ovarios» en vez de haberme dejado la ropa con la que había ido a trabajar. Y lo que era peor: no me había hecho nada en la cara todavía, y teniendo en cuenta que había llorado de la risa, era muy posible que se me hubiera corrido el maquillaje.

—Estás fantástica —me aseguró Avery al ver mi expresión—. Solo… —Alzó un extremo de la camiseta sin mangas que llevaba y la usó para limpiarme algo en la mejilla, de forma que sus pechos asomaron.

—Para. No tengo dos años. Y no necesitamos verte las tetas.

—No sabría qué decirte, son unas buenas tetas. —No dejó de limpiarme y esperé que lo que fuera que me estuviera haciendo sirviera de algo porque, cuando hubo terminado y sus tetas desaparecieron, se oyó que llamaban a la puerta.

Le agarré las manos y las entrelacé con las mías.

—Madre mía.

—Está aquí.

—¡Está aquí!

—Es buena señal —aseveró para tranquilizarme—. Es muy buena señal. Eres buena. Te mereces que te pasen cosas buenas.

—Vale. Vale. —Inspiré hondo varias veces.

—Bueno, responderé yo, ya que parecéis muy ocupadas. —Nolan iba de camino a la puerta—. Entra, entra, no les hagas caso. Parece que… Bueno, cosas suyas. ¿Quieres un poco de vino? Estábamos tomando uno de los favoritos de Eden, así que, cómo no, es muy dulce.

—No hace falta, gracias.

Solté las manos de Avery y me volví en la dirección de la que procedía su voz. Por favor, qué guapo estaba. Todavía llevaba los pantalones de traje del trabajo, pero se había quitado la americana y la corbata y se había abierto el cuello de la camisa. Me entraron ganas de desabrochársela entera y besarle la piel de su pecho.

—Avery —saludó Brett, con un asentimiento de cabeza.

Y entonces, sus ojos se encontraron con los míos y se produjo un terremoto.

—Hola.

Me regaló una sonrisa de esas que parecían íntimas y reservadas solo para mí.

—¿Podríamos…? Eh… ¿Hablar en algún sitio?

Rodeé la mesita de centro para acercarme hacia él.

—¿En mi habitación? Podría cambiarme, también, si lo prefieres.

—Tu habitación está bien.

—Vale. Tú primero. —Necesitaba esos segundos de más caminando tras él para limpiarme el sudor de las manos en los pantalones e intercambiar una última mirada con Avery, que estaba haciendo el gesto de meter un dedo en un agujero y me sonrojé justo cuando Brett se volvía para comprobar que lo seguía.

—Todo va bien, estoy bien —balbucí, como una idiota—. Te sigo.

Brett sabía cuál era mi habitación porque había estado miles de veces, pero después de haber pasado unas cuantas semanas distanciados, me daba la sensación de que su presencia en mi espacio personal se magnificaba. Y cuando cerré la puerta al entrar, me sentí como una adolescente que hacía cosas a escondidas de Avery.

Parecía que él tenía la misma impresión:

—¿Te vas a meter en problemas por haber dejado entrar a un chico en la habitación y haber cerrado la puerta?

Me reí, quizá con demasiada alegría: los nervios me estaban afectando.

—Sí, seguro que... —No se me ocurrió una réplica igual de graciosa—. No lo sé. Bueno... eh... querías... Hola.

Se rio entre dientes.

—Hola. —Su expresión se tornó seria—. ¿Por qué no te sientas?

Se me encogió el estómago. Cuando a alguien se le pedía que se sentara, era para darle malas noticias. Lo último que quería hacer ahora era sentarme.

Pero no hacerlo tampoco cambiaría lo que quisiera decirme y desafiarlo no era la mejor forma de recuperarlo, así que me coloqué en una esquina de la cama.

—¿Quieres sentarte tú también?

El dormitorio no era demasiado grande y no tenía muchos muebles, pero el tocador incluía un banco que podía sacar.

También se podía sentar en la cama conmigo, lo que habría supuesto una distracción, pero no tuve que preocuparme porque negó con la cabeza:

—No, creo que necesito quedarme de pie.

—Claro, claro.

Enrollé los dedos con el extremo de la camiseta con la esperanza de que no se diera cuenta de que me estaba retorciendo las manos.

—Bueno. Antes… —Se aclaró la garganta y cada segundo que transcurrió en silencio me pareció una eternidad—. Seguramente debería habértelo dicho entonces. La verdad es me he quedado bastante sorprendido.

—Lo siento. Trataba de respetar tu espacio, pero…

—No. —Estiró una mano imperiosa en mi dirección—. No te disculpes, por favor.

—De acuerdo. —Me notaba la piel ardiendo y, sin embargo, se me erizaba en los brazos y las piernas. Era evidente que mi cuerpo estaba tan confundido como mi mente. Si no quería que me disculpara significaba que no la había fastidiado tanto, ¿no?—. Entonces, ¿por qué has venido?

—Bueno, tengo más cosas que decirte, si me dejas.

—Lo sien… —Me detuve antes de terminar de formular la disculpa. Luego, hice ver que me cerraba la boca con cremallera y escondía la llave bajo el culo, me senté sobre las manos y traté de no empezar a balancearme.

—Debería haberte dicho que haberme pasado los últimos diez años calentando el banquillo…

—Tampoco has estado calentando el banquillo.

Me lanzó una mirada penetrante y cerré la boca enseguida. De verdad: ¿cómo podía quedarse quieta la gente cuando estaba tan nerviosa como yo ahora?

—Tampoco ha sido culpa tuya. Podría haber tratado de cambiar las cosas miles de veces. Podría habértelo dicho, y tampoco lo hice.

Abrí la boca antes de analizarlo. Esta vez la cerré antes de que se me escapara ninguna palabra, pero estaba muy impaciente.

Brett se fijó en mi pierna, que botaba sin control, y volvió a posar la mirada en mi rostro.

—No es justo haberte dicho que nunca me escogiste cuando yo no te hice saber que podías hacerlo.

No podía más, tenía que preguntárselo:

—¿Todavía puedo elegirte?

De repente, estaba estirada en la cama, su palma me cubría la boca y él se cernía sobre mí.

—No puedes controlarte, ¿eh?

—No cuando se trata de ti —respondí bajo su mano, y me pregunté si sabría que estaba sonriendo. Luego coloqué las manos en sus caderas y las empujé hacia mí porque me tenía inmovilizada sobre la cama e interpreté que eso significaba que me deseaba.

Y la vara rígida que me rozaba el muslo me confirmó que, como mínimo, su cuerpo sí que lo hacía.

Con todo, él insistía en hablar. Me apartó una mano de la cadera, luego la otra y me las colocó por encima de la cabeza.

—¿No quieres saber por qué no intenté dar el primer paso?

Me abrí de piernas y alcé la pelvis para notar el roce de su miembro justo donde quería.

—Si la respuesta es esta, sí, sin duda.

—Puede que sea la de la siguiente pregunta, si dejas que te diga lo que tengo que decirte.

Dejé de retorcerme y le dediqué toda mi atención.

—¿Por qué no diste el primer paso para estar conmigo, Brett? —Quería saberlo, aunque la respuesta me daba un poco de miedo. Temía descubrir que le había hecho daño de alguna forma.

Me soltó un brazo y bajó la mano para acariciarme la mejilla con veneración.

—Porque la única cosa que me parecía peor que no estar contigo era perderte.

La emoción se apoderó de mí y me vi obligada a tomar aire. Esa barricada de cristal protectora que había erigido entre los dos se había derrumbado y por primera vez en los diez años que hacía que nos conocíamos, se mostraba frágil y vulnerable, con el alma abierta de par en par.

Asustaba estar tan desnudo, tan expuesto.

Y yo me sentía igual.

—Pues no me pierdas —le susurré.

—He venido, ¿no?

Su boca acarició la mía y me humedecí los labios anticipándome al beso que sabía que llegaría, pero justo cuando empezó, lo interrumpí:

—Esta vez sí que era esta la respuesta, ¿verdad?

Volví a alzar la cadera en busca de su pene.

—Sí —dijo entre risas. Una risa frustrada que acabó en cuanto su boca encontró la mía.

El beso comenzó con ternura. Con cada movimiento de sus labios, me comunicaba algo nuevo en un idioma que nuestros cuerpos conocían por intuición. Enseguida, el beso se volvió cada vez más frenético y nuestras manos se apresuraron a desvestirnos. Primero su camisa, luego mi camiseta. Mis bragas y los pantalones salieron a la vez. Sus pantalones supusieron un reto, porque no quiso soltarme mientras se desnudaba. Consiguió bajárselos hasta los tobillos antes de soltar un gruñido de frustración y ponerse de pie para terminar de desnudarse del todo.

Solté una risita y, al oír que Avery y Nolan susurraban en el pasillo, me quedé petrificada y agucé el oído.

—Nos vamos a la cama —anunció Nolan en voz alta y por poco no me vuelvo a echar a reír—. Buenas noches.

Oí cómo se alejaban por el pasillo y luego cómo se cerraba una puerta.

—Creen que nos estamos acostando —le susurré.

—Pues han acertado.

Ahora estaba completamente desnudo. Me empujó hacia la cama para estirarse encima de mí.

—Pero todavía no lo estamos haciendo —repuse. Entonces me la metió, gruesa y desnuda, hasta el fondo—. Ah... —Me estremecí—. Ahora sí.

—Ahora sí.

La sacó un poco antes de volver a penetrarme por completo.

Cerré los ojos unos segundos mientras me acostumbraba a su envergadura. Cuando los volví a abrir, los suyos me estaban esperando. ¿De verdad me lo merecía? ¿Me merecía a Brett?

—Se suponía que iba a tardar mucho en recuperarte.

—¿Me estás llamando chico fácil?

Me reí, pero entonces bajó una mano hasta mi clítoris y vibré de placer.

—Solo digo que no me parece que me lo haya ganado.

—Nunca has tenido que ganártelo. Solo tenías que darte cuenta de que eras mía.

—Soy tuya. —Le rodeé la cintura con las piernas—. Y tú eres mío.

—Soy tuyo.

Me tembló el labio. Me tranquilizó al acariciarlo con la lengua y me regaló un beso ansioso. Cuando trató de salir para ponerse un condón, lo detuve:

—No te lo pongas, sintámonos así. —Quizá era arriesgado, pero Brett sabía que yo tomaba anticonceptivos y no habían pasado ni dos meses desde que Sebastian Industrial había financiado el último análisis de ETS, que se hacían dos veces al año y en toda la empresa, y los dos habíamos salido perfectos, es decir, que estábamos limpios.

No protestó y el ritmo enérgico que adoptó me indicó que estaba listo para dejar de hablar del todo, así que nos besamos y proferimos otros ruiditos: jadeos involuntarios y gemidos de placer mientras su polla entraba y salía y mi vagina la rodeaba con fuerza.

Al final, las palabras exigieron ser pronunciadas, no porque Brett no lo supiera ya, sino porque no podía contenerlas:

—Te quiero.

Ralentizó el ritmo como si quisiera asimilar bien lo que le acababa de decir. Quise ayudarlo y se lo repetí.

Y entonces fuimos los dos, sumidos en un coro de te quieros que se intercalaban mientras perseguíamos el clímax.

—¿Esto significa que ahora eres mi novio? —le pregunté tras dejarnos caer sobre el colchón bocarriba, con la respiración entrecortada—. Claro que, al decir novio, me siento como una adolescente y ningún adolescente tiene un pene tan grande como el tuyo. —Alargué la mano para acariciárselo. Lo tenía medio erecto y por experiencia sabía que no haría falta que se lo tocara mucho para que estuviera listo para otra ronda.

Menos mal que empezaba el fin de semana.

—Uf… —gimió—. Significa que vas a pasar muchas más noches en mi casa.

—Creo que debería mudarme.

Me atrajo hacia sí y me obligó a girarme.

—Sí, deberías, de verdad.

Se daba por hecho. Me mudaría con él. Seríamos pareja oficialmente. Quizá nos casaríamos. Ya me imaginaba qué anillo le diría que me comprara.

Me estaba adelantando a los acontecimientos.

—No dejaré de luchar por ti —le dije mientras le besaba en el pecho. Notaba sus latidos bajo los labios y le besé en el mismo sitio para volver a notarlo—. Cada día. Para que siempre creas que eres el único hombre que quiero.

—Siempre y cuando me dejes luchar por ti también.

—Supongo que podré soportarlo. —Si luchar por mí implicaba disfrutar más de su enorme miembro, estaba más que lista para que empezara.

Me lo merecía.

Epílogo

Dieciocho meses después

Le sonreí al enésimo primo Sebastian que se plantaba delante de mí (había demasiados como para recordar cuál era cuál) y luego me incliné a un lado para decirle a Brett entre susurros:

—¿Es de mala educación que nos escaqueemos en nuestra propia fiesta de compromiso?

Su sonrisa no se alteró ni un ápice cuando me respondió entre susurros:

—Pero piensa en todo lo que te perderías: el desastre de vestido que llevará Silvia.

Bueno, este juego podía hacer que tantas presentaciones y cortesías fueran tolerables.

—Henry Sebastian está tirándole los tejos a la camarera —le susurré, cuando volví a tener la oportunidad.

Pasaron unos cuantos minutos antes de que contestara:

—Avery trata de hacerse mejor amiga de mi madre.

—Cómo ha intentado seducirte Adrienne Thorne.

Esta era mano ganadora.

—Si me disculpas, tengo que hablar con mi futura mujer un momento —le dijo al primo y me llevó a un lado—. Por última vez, Adrienne Thorne no trata de seducirme.

—Es evidente que no sabes la pinta que tiene una mujer que intenta seducirte, porque te digo yo a ti que sí.

Me rodeó la cintura con el brazo y me atrajo hacia él.

—Ah, ¿no? Tal vez deberías enseñármelo.

—Te lo vuelvo a preguntar: ¿es de...?

Y antes de que terminara la pregunta, la mano de la madre de Brett se posó en mis lumbares. Cómo no, Avery la seguía de cerca.

—Parece que estáis tramando algo —observó Laura.

—Claro que no, mamá.

—No te lo creas —le dije—. No quiere que pienses mal de él, pero justo estábamos debatiendo si es de mala educación escabullirte de tu propia fiesta de compromiso.

Avery abrió los ojos de par en par, conmocionada.

—¡Claro que es de mala educación! Todo el mundo ha venido por ti. No puedes desaparecer.

—No sé yo si es verdad. —Eché un vistazo a la azotea—. Tengo la sensación de que la mayor parte de la gente que está aquí ha venido por la barra libre y para poder decir que han asistido a una fiesta de los Sebastian.

—Es una verdad como la copa de un pino —coincidió Laura—. Les importa tres pepinos lo que hagáis. —Me tomé como una victoria que Avery pareciera lo bastante avergonzada—. Y sobre lo que debatíais, no es de mala educación si te vas con tu prometido. ¿Para qué vas a desaparecer de una fiesta si no es para echar uno rapidito? —Le guiñó el ojo a su hijo.

Brett se ruborizó, pero fue tan sutil que solo alguien que tuviera memorizados sus rasgos como yo lo notaría.

—Fingiré que no he oído eso.

—Pero vamos a hacerte caso —terminé por él—. ¡Hasta luego!

No protestó cuando lo agarré de la mano y lo conduje entre la multitud. Sin embargo, cuando no aprobó la ruta que yo había tomado por el centro de la fiesta, decidió tomar la delantera y guiarme hasta un lado, donde una escalera de metal conducía a un nivel superior de la azotea. Se suponía que no podíamos usarla, así que, cómo no, cuando alzamos la mirada, un culo que me resultaba familiar ya estaba subiendo detrás de su novia.

—Parece que Scott ha llegado antes. Otra vez. —Estaba de broma y no parecía importarle. Había dejado de repetir la broma de ser un Sebastian secundario poco después de que nos hubiéramos convertido en pareja oficial. Me gusta pensar que fue gracias a mí, pero estoy segura de que ayudó el hecho de que se le ofreciera el puesto de vicepresidente cuando Scott dejó el departamento. Los dos primos habían dejado de competir y su relación había mejorado mucho desde entonces.

—Que lo disfrute —le dije—. Nosotros ya tenemos nuestro rincón.

—Y es mucho mejor. Deberíamos haber ido directos allí.

Me estaba conduciendo hasta allí, pero primero teníamos que hacer una parada en la barra para coger champán.

—Tenía una botella de Billecart-Salmon en la nevera guardada para ti —me dijo Denim, que me ofreció una botella fría.

—Cómo me conoces. —Tanto que ni se molestó en darme dos copas.

—¿Debería ponerme celoso? —La mano de Brett me agarraba de la espalda con cierto aire posesivo.

—Solo si consideras que yo debería estar celosa de Adrienne Thorne.

Nos detuvieron tres veces antes de llegar a nuestro refugio particular. La primera fue la hermana de Brett, que tenía nuevas fotos de familia que tuvimos que admirar (¡oh!) a cambio de su entusiasmo (¡yuhu!) al ver mi anillo de diamantes de cuatro quilates (sin duda, no era un diamante secundario, y ni siquiera había tenido que decirle qué quería).

Luego, nos encontramos con Julie, que se esforzó mucho para no ponerse a hablar de trabajo, pero de todas formas coló un par de recordatorios para mi futuro marido y unos pocos para mí.

Aunque yo seguía trabajando en la empresa, no estaba tan dispuesta a hablar de trabajo fuera de la oficina como Brett. Lo saqué de allí a rastras cuando se pusieron a comentar la oportunidad de otro patrocinio. Divisamos la zona cerrada con cuerdas para el personal cuando nos detuvieron por tercera vez.

—Vaya, Brett. Mira qué bien. Primero te ascienden a vicepresidente y ahora te vas a casar. La gente empezará a pensar que eres de los nuestros. —Unos ojos grises coronados por unas cejas severas me analizaron—. O tal vez no.

No lo conocía, pero sin duda era un Sebastian. Era evidente que estar bueno y tener una confianza infinita en sí mismo formaba parte de su ADN. Tampoco cabía la menor duda de que, en su opinión, yo no estaba a la altura.

Brett me agarró con más fuerza de la cintura.

—Fingiré que pretendías que fuera un cumplido, pero te garantizo que nadie me confundirá con uno de los vuestros.

—Mmm… —Alargó la mano para estrechársela a Brett y me ignoró por completo—. Supongo que debo felicitarte.

Brett no se la tendió.

—Me alegro de verte, Holt. La próxima vez, no te molestes en venir.

Decidido a no dejarse insultar, Holt convirtió el apretón fallido de manos en unas palmadas en la espalda de Brett.

—Nunca eres una molestia. Recuérdalo cuando trates de codearte con los principales y acabes metido en problemas. Lo estaré esperando.

Brett no le respondió, solo me espoleó:

—Vamos, Eden.

—Y no te olvides de hacerle firmar un acuerdo prematrimonial.

Pero seguimos avanzando y Brett levantó la cuerda para que me colara por debajo.

—¿Podemos no invitarlo a la boda?

—Aún mejor —propuso él—: hagamos ver que no existe.

En cualquier otro momento, habría sentido curiosidad por ese tal Holt Sebastian, pero solo para imaginar formas en las que podría morir. Esta noche, sin embargo, no iba de la gente que trataba de menospreciarnos.

Iba de lo sensacionales que éramos a pesar de sus intentos.

—¿Quieres hacerlo tú? —Brett me ofrecía el champán.

Me había enseñado las mejores técnicas y ya me había convertido en toda una profesional. Acepté la botella y en cuestión de segundos, la abrí con un pum muy gratificante.

—No he derramado ni una gota.

Tomé un trago y se la pasé a Brett, que se había dejado caer en el sofá. Mientras contemplaba cómo tragaba, tuve un *déjà vu* y recordé muy vívidamente cuando estuve con él en este mismo sitio, hacía diecinueve meses. La noche en la que todo cambió. Me había resistido con tanto ahínco a lo que sentía por él que solo me daba cuenta al verlo en retrospectiva: cómo era incapaz de dejar de mirarlo, cómo se me erizaba la piel cuando él estaba a mi lado, lo radiante que me sentía.

Y aunque esa noche había inaugurado un nuevo camino para los dos, había muchas cosas que no habían cambiado. Seguía siendo mi mejor amigo y la persona a la que recurría cada vez que tenía un mal día. Y cuando tenía un buen día también.

Pero ahora también era la persona a la que tenía el privilegio de despertar por las mañanas y con la que hacía el amor. Ahora ya no había barreras y, en vez de arruinar nuestra amistad, añadir el factor romántico solo había servido para fortalecernos.

Me planteé sentarme a su lado como había hecho aquella noche, pero al final decidí levantarme la falda y encaramarme a su regazo.

—Hola. —Me ofreció la botella, pero negué con la cabeza. Me interesaban otras cosas.

—¿Recuerdas muchas cosas de aquella noche? —No tenía que especificarle cuál. Desde entonces, habíamos estado en otras fiestas que se habían celebrado en este bar, pero habíamos escogido hacer la de hoy aquí precisamente porque había sido un lugar especial.

—Las recuerdo todas. Sobre todo, las más subidas de tono. —Me acarició los muslos con las palmas de la mano y se me erizó la piel de todo el cuerpo.

—Cuando estábamos aquí, ¿imaginabas lo que iba a pasar cuando me llevaras a tu apartamento? ¿Lo que quería hacerte?

—Sabía lo que quería hacerte yo.

—¿Pero sabías que iba a pasar?

Se lo pensó.

—Me lo había imaginado muchas veces, así que una parte de mí siempre creyó que podría pasar. Pero sí, noté algo distinto aquella noche. Tu actitud, tu energía... Tuve la sensación de que iba dirigida a mí y nunca había sido así. No creo que tuviera claro que te metería en mi cama, pero...

—Perdona, pero fui yo la que se metió.

Sonrió, pero hizo caso omiso a mi interrupción.

—Pero sabía que a la mañana siguiente sería diferente. Sentía que estaba perdiendo la batalla tras resistirme a ti durante tantos años. Y entonces, cuando te desnudé...

—Yo te desnudé a ti.

—Te mantuve despierta toda la noche porque estaba convencido de que no se repetiría. Tenía que saciarme. Pero debimos de quedarnos dormidos en algún momento, porque cuando me desperté, te encontré en mis brazos y era como si todo estuviera en su sitio. Si hubieras abierto los ojos y me hubieras mirado en ese momento, no creo que hubiera sido capaz de rechazarte. Habría querido volver a hacértelo y en cuanto hubiera ocurrido..., querer alejarme habría dejado de tener sentido.

—Entonces, si me hubiera despertado antes, ¿no habríamos tenido que soportar todas esas semanas de tortura?

Se encogió de hombros.

—¿Habríamos acabado así?

Le acaricié la mandíbula y negué con la cabeza.

—Creo que tenía que aprender a luchar por ti.

—Y yo tenía que aprender a creerte.

—Y los dos teníamos que descubrir que nos merecíamos más de lo que creíamos.

Se apartó mi mano de la cara, se la llevó a los labios y la besó. Luego, miró el anillo y, como lo conocía tan bien, supe en qué estaba pensando. Por mucho que la confianza que teníamos en nosotros mismos hubiera aumentado, seguíamos formando parte de una estructura social que nos obligaba a compararnos constantemente con la gente que nos rodeaba, con nuestra familia. El tamaño de la joya estaba condicionado tanto por la visión de toda esa gente como por mis gustos.

—Lo que ha dicho Holt… —Había fingido que no le afectaba, pero lo había hecho.

—Me importa una mierda ese tío. ¿En qué parte del árbol familiar está? —Era evidente que pertenecía a la rama con más dinero y poder, que no era la misma que la de Brett.

—Es hijo de Reynard.

Exacto. Una de las ramas más importantes.

—Quizá los principales tendrían que empezar a llamarse los capullos.

Se rio.

—De hecho, hay una tercera categoría de Sebastian, un subgénero de los principales, por decirlo así. Son los atroces. Holt forma parte de ese grupo.

—Eh… Me gusta más los capullos.

Saqué la mano de entre la suya y le aparté el pelo de la frente con caricias. Teníamos que convivir en este mundo con esos imbéciles. Era una pugna constante, pero nosotros teníamos los pies en la tierra. No habíamos sucumbido a los aires de grandeza que nos rodeaban. Sabíamos lo que era importante, y no era ni el dinero ni las influencias. Sabíamos que lo más importante era tenernos el uno al otro y que lucharíamos por conservarlo cada día de nuestras vidas.

—¿Sabes? —comenté—. Con tantas categorías de Sebastian que tenéis, solo hay una que importa, y solo la puedes ostentar tú.

—¿Y cuál es? —me preguntó.

—El hombre de mi vida.

Y entonces, nos olvidamos de la fiesta que se celebraba al otro lado y otras de mis braguitas acabaron en el bolsillo de un Sebastian mientras celebrábamos que nuestra lucha había salido victoriosa.

También de Laurelin Paige

UN
HOMBRE
AL
MANDO
LAURELIN PAIGE
1
CHIC

UN
HOMBRE
PARA
SIEMPRE
LAURELIN PAIGE
2
CHIC

Chic Editorial te agradece la atención dedicada a
El hombre de mi vida, de Laurelin Paige.
Esperamos que hayas disfrutado de la lectura
y te invitamos a visitarnos
en www.chiceditorial.com,
donde encontrarás más información
sobre nuestras publicaciones.

Si lo deseas, también puedes seguirnos
a través de Facebook, Twitter o Instagram
utilizando tu teléfono móvil
para leer los siguientes códigos QR: